光文社文庫

文庫書下ろし／長編時代小説

黒幕

鬼役 二十八

坂岡 真

KOBUNSHA

この作品は光文社文庫のために書下ろされました。

目次

苦肉の毒 9
おしどり 124
柊侍《ひいらぎ》 226

※巻末に鬼役メモあります

幕府の職制組織における鬼役の位置

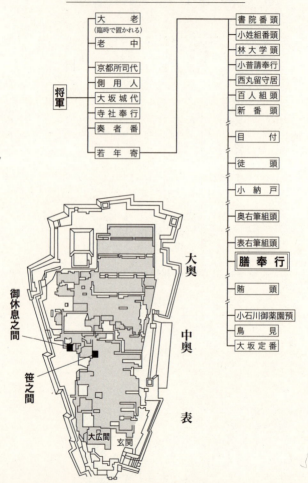

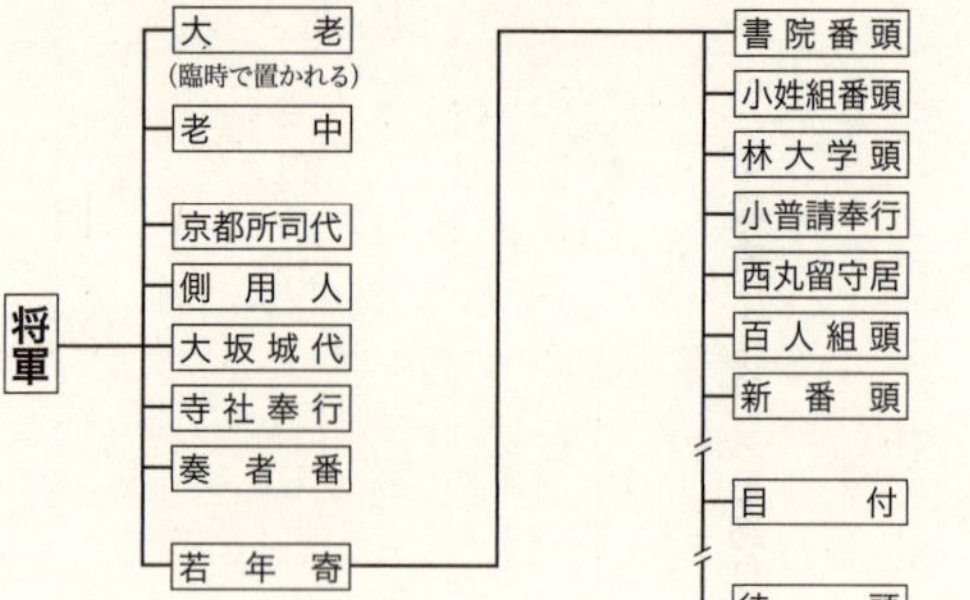

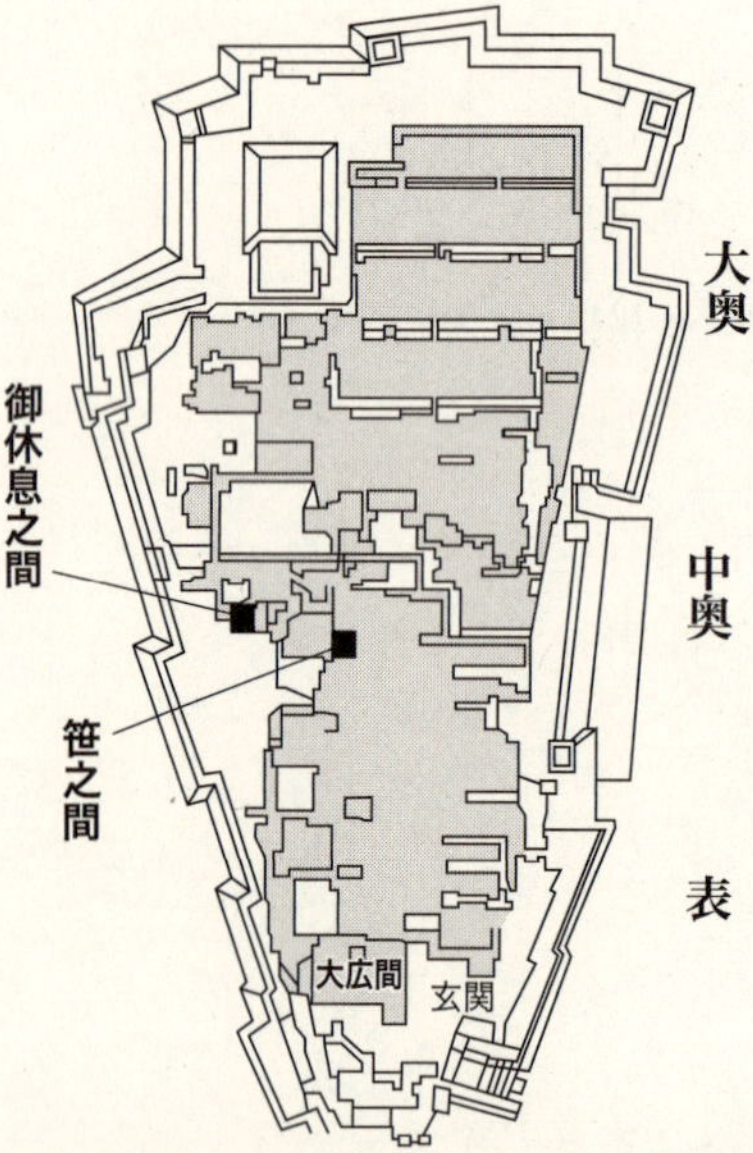

鬼役はここにいる！

★**御休息之間御下段**：将軍が食事をとる場所。毒味が終わると食事はここへ運ばれる。

◆**笹之間**：御膳奉行、つまり鬼役が毒味を行う場所。将軍の食事場所に近い。

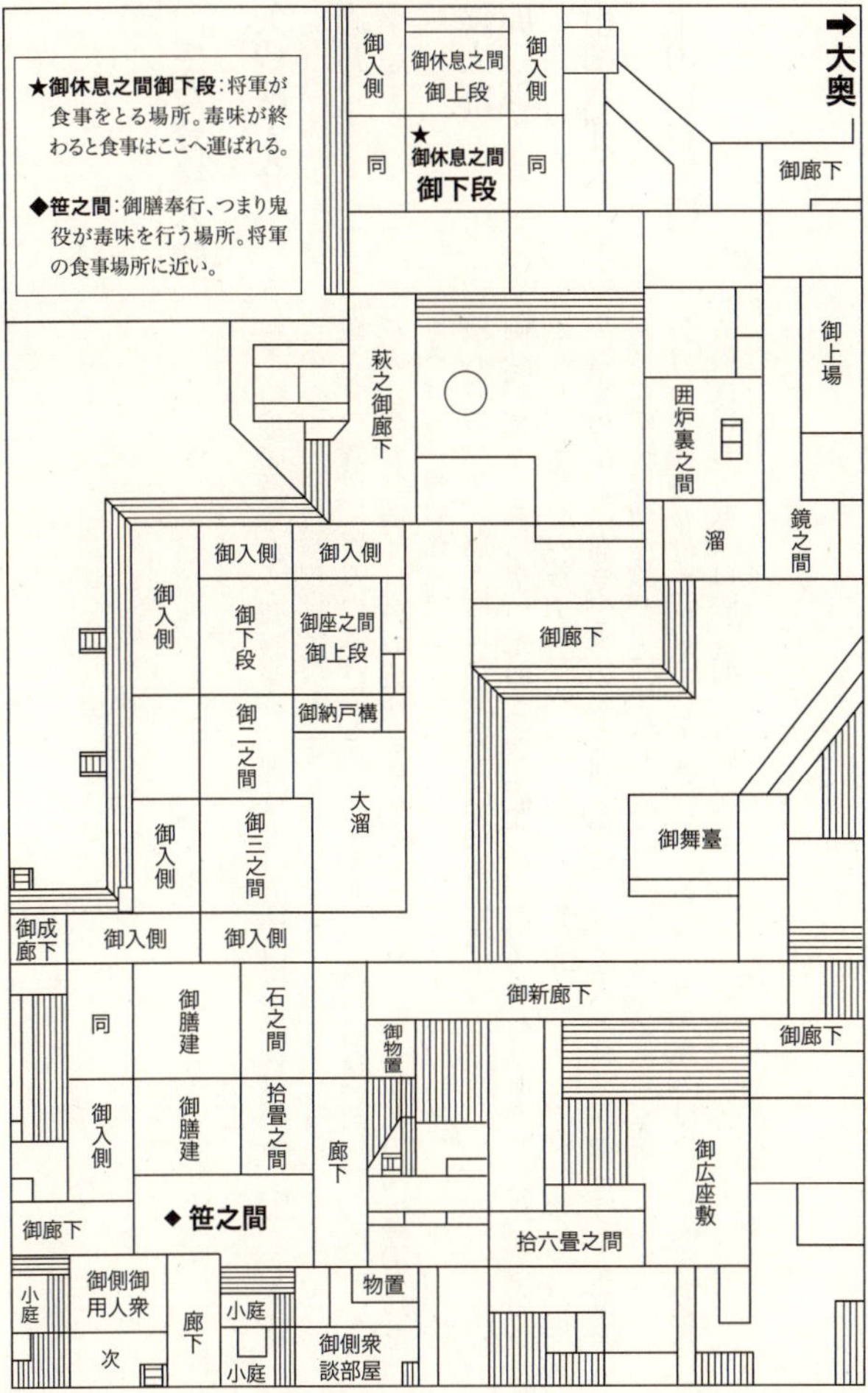

主な登場人物

矢背蔵人介……将軍の毒味役である御膳奉行。御役の一方で田宮流抜刀術の達人として幕臣の不正を断つ暗殺役を務めてきた。

志乃……蔵人介の養母。薙刀の達人でもある。洛北・八瀬の出身。

幸恵……蔵人介の妻。御徒目付の綾辻家から嫁いできた。蔵人介との間に鐵太郎をもうける。弓の達人でもある。

鐵太郎……蔵人介の息子。蘭方医になるべく、大坂で修業中。

卯三郎……御納戸払方を務めていた卯木卯左衛門の三男坊。わけあって天涯孤独の身となり、矢背家の養子となる。

串部六郎太……矢背家の用人。悪党どもの臑を刈る柳剛流の達人。長久保加賀守の元家来だったが、悪逆な遣り口に嫌気し、蔵人介に忠誠を誓い、矢背家の用人に。

土田伝右衛門……公方の尿筒持ち役を務める公人朝夕人。その一方、裏の役目では公方を守る最後の砦。武芸百般に通じている。

鬼役 二十八

黒幕

苦肉の毒

一

　ぴりっと舌先に痺《しび》れを感じた。

　矢背蔵人介《やせくらんどのすけ》は毒味の御膳に竹箸を措《お》き、下っ腹に力を込める。

「烏頭《うず》か」

「襖《ふすま》を開けよ」

　風圧とともに発するや、相番《あいばん》の逸見鍋五郎《はやみなべごろう》は身を捻《ひね》り、畳に転がるようにして背後の襖へ近づく。手を伸ばそうとするや、襖は勝手に開き、若い配膳方《はいぜんかた》が賢《さか》しげな顔を差しだした。

「何か、不調法《ぶちょうほう》でもござりましたか」

質《ただ》されて蔵人介は静かに応じる。

「蒸し鮑《あわび》に毒の兆《きざ》しあり。上様《うえさま》の御膳をおさげしろ」

「はっ」

ほどもなく、鬼役の座す笹之間《ささのま》周辺は蜂《はち》の巣を突《つつ》いたような騒ぎとなった。公方家慶《くぼういえよし》のもとへ供《きょう》された一ノ膳は一斉にさげられ、小姓《こしょう》や小納戸《こなんど》役たちが忙《せわ》しなく廊下を行き交《か》いはじめる。

それでも、蔵人介は端然《たんぜん》と座りつづけ、ふたたび、自前の竹箸を手に取った。

――毒味役は毒を啖《くろ》うてこそのお役目。

夜が明けて目覚めたときから、いつなりとも死ぬ覚悟はできている。死と隣合わせの役目だからこそ、みなから畏敬《いけい》の念を込めて「鬼役」と呼ばれるのだ。

膝前に置かれた二ノ膳には、椀や平皿や猪口《ちょく》が整然と並《たで》んでいた。汁は菜と塩雲雀《しおひばり》の赤味噌仕立て、焼き物は生姜《しょうが》や蓼の穂を添えた鮭《さけ》や鱚《きす》、煮物は結び昆布ともども粕煮《かすに》にした鰤《ぶり》と牡蠣《かき》、塩松茸《まつたけ》の笠といっしょに煮た小鴨《こがも》、葛《くず》かけにして花鰹《はながつお》を振りかけた大蕪《おおかぶ》、小鉢や猪口には昆布巻きにした小鮒《こぶな》の煮浸《にびた》し、煮染《にし》めて漬け山葵《わさび》をあしらった干瓢《かんぴょう》などが見受けられ、酒好きな公方の好む塩辛や葉生姜なども添えてある。

蔵人介は懐紙《かいし》で鼻と口を押さえ、音も無く汁を啜《すす》り、焼き物や煮物の切片《せっぺん》を口に運んだ。このとき、髪の毛はもちろん、睫毛《まつげ》の一本たりとも落としてはならぬ。ゆえに、瞬《まばた》きすらせず、残りの品に異変はないか、神経を極限まで研ぎすまし、冷徹に毒の行方《ゆくえ》を探っていく。

「矢背どの、毒を啖うて平気なのですか」

相番のくだらぬ問いに応じる暇はない。平気かどうかは、みればわかろう。

「外が騒がしゅうござりますぞ。このまま、お毒味をつづけてもよろしいのでござろうか」

つづけねば役目怠慢の誹《そし》りを受ける。どの品にどれだけの毒が混入しているのか、最後のひと皿まで正確に見極めることこそが今は急務なのだ。

蔵人介は千代田《ちよだ》城の天守番《てんしゅばん》をつとめた御家人《ごけにん》の家で育ち、齢《よわい》十一で将軍家の毒味御用をつとめる矢背家の養子となった。役料二百俵《ぴょう》の小禄とは申せ、公方への目見得《めみえ》が許される旗本《はたもと》である。

養父に課された過酷な修行に耐えぬき、十七で跡目《あとめ》相続を容認され、二十四のときに晴れて公方家斉《いえなり》への目見得を済ませた。爾来《じらい》、公方が家慶に代替わりしても、御膳所《ごぜんしょ》脇の笹之間で同じ役目を全《まっと》うしている。

——毒味役は毒を喰うてこそのお役目。河豚《ふぐ》毒に毒草に毒茸《きのこ》、なんでもござれ。死なば本望《ほんもう》と心得よ。

いつも心に念じているのは、毒味作法のいろはを教えてくれた養父の遺訓にほかならない。

死なば本望とでも考えねば、なるほど毒味御用はつとまらぬ。

不安げな逸見を無視し、蔵人介は塩辛を箸先で掬《すく》った。

さらに、盃《さかずき》に満たした酒を舐《な》める。

ふむ、上等な酒だ。

灘《なだ》の蔵元から番船《ばんせん》で運ばれてきた新酒であろう。

さらに、平皿から小鉢へ、小鉢から猪口へ、毒味は淡々とすすみ、最後にして最大の難関に取りかかる。

「鯛《たい》の尾頭《おかしら》付き……」

逸見がつぶやくとおり、月例の吉日《きちじつ》に供される尾頭付きの骨取りは、鬼役にとって鬼門《きもん》中の鬼門であった。

蔵人介は箸先で丹念に骨を取り、頭、尾、鰭《ひれ》のかたちを変えず、巧みに骨を抜きとっていく。文字どおり、熟練を要する至難《しなん》の業《わざ》、小骨が公方の咽喉《のど》に刺さりでもしたら重い罪に問われかねない。

しかし、蔵人介にとって骨取りは難事でも何でもなく、いとも簡単に難関を乗りこえてみせた。

美しい所作《しょさ》に見惚《みと》れていると、周囲の騒ぎも忘れてしまいかねない。

逸見は感動を禁じ得ず、ほっと溜息《ためいき》を吐《つ》いた。

と、そこへ、小太りの重臣《じゅうしん》が飛びこんでくる。

小納戸頭取《こなんどとうどり》に昇進したばかりの今泉益勝《いまいずみますかつ》であった。

鶏のように眸子《まなこ》を丸め、口角《こうかく》泡を飛ばす。

「毒か」

「はっ、烏頭にござります」

鳥兜《とりかぶと》の塊根《かいこん》を風乾《ふうかん》してつくる、紛《まぎ》れもない強毒だ。

「矢背よ、確かなのか」

「はっ」

「まちがいならば、首が飛ぶぞ」

「もとより、覚悟のほどはできており申す」

「ふうむ、鬼役一筋のそちが申すなら、まちがいあるまい。して、何を啖うた」

「蒸し鮑にござります」

「俵物《たわらもの》か。ほかの品はどうじゃ」

「異変なきかと。早速、御膳所にて総調べを」

「わかっておるわ。御膳所の者共《ものども》には通達してあるゆえ、おぬしも立ちあうように」

「かしこまりました」

蔵人介は一礼し、懐中に忍ばせた熊胆《ゆうたん》の切片をそっと口にふくむ。

強烈な苦味にも顔色ひとつ変えず、背筋を伸ばしてすっと立ちあがった。

身に纏《まと》った鮫小紋《さめこもん》の黒裃《かみしも》をさり気なく直す仕種《しぐさ》が、凛《りん》としたおもむきを際立たせる。

相番の逸見が不安げな顔を向けてきた。

「矢背どの、それがしも参じねばなりませぬか」

「無役に戻ってもよいなら、石仏のごとく座っておれ」

「そんな……」

呆気《あっけ》にとられる逸見を、蔵人介は怜悧《れいり》な眸子で睨《にら》みつける。

毒の出所を調べるのに、肝心の毒味役が立ちあわずしてどうするのだ。毒の有無を嗅ぎわけた以上、事の顚末《てんまつ》を仕舞いまで見届けねばなるまい。それが役目を全うするということであろう。

あたりまえのことを聞いてくる者に応じるべきことばは持っていない。

――死なば本望と心得よ。

数珠玉《じゅずだま》でも爪繰《つまぐ》りながら、養父の教訓を百万遍唱えよと胸の裡《うち》で叱りつけ、蔵人介は振りむきもせずに部屋を後にする。

逸見は渋々ながらも従《つ》いてきた。

広々とした御膳所には、ぴんと張りつめた空気が漂っている。

俎板《まないた》の上に目をやれば、さばかれる途中の魚がはらわたを晒《さら》していた。

「片付けはあとだ。みなのもの、集まってくれ」

小納戸頭取の命にしたがい、五十人を超える御膳所の連中がぞろぞろやってきた。なかには右手に生臭い包丁を提《さ》げた者までいる。誰もが押し黙り、顔をあげようともしない。

蔵人介は小納戸頭取の背後に立ち、一段高い位置から一同を見渡した。

誰もが疑心暗鬼《ぎしんあんき》な様子で、不安の色を浮かべている。

なかでも、隅っこに控えた同心《どうしん》の様子がおかしい。

汗が止まらぬのか、しきりに袖で顔を拭《ぬぐ》っている。

たしか、内間源六《うちまげんろく》と申したか。

登城の際に一度だけ、半蔵《はんぞう》御門のそばで挨拶を受けた。ついせんだって御膳所へよこされた中堅同心で、粘り強い訴えが実って無役を免《まぬか》れた二半場《にはんば》の御家人と聞いている。

二半場とは譜代《ふだい》につづく御家人の身分で、初代将軍家康《いえやす》から第四代家綱《いえつな》の御代《みよ》までに西ノ丸留守居《るすい》の与力《よりき》や同心、本丸奥表坊主などの職に就いていた者たちの子孫をさす。譜代のように家禄は貰《もら》えぬものの、平《ひら》御家人とちがって身分の世襲はできた。

小納戸頭取の今泉が口をひらく。

「畏《おそ》れ多くも、上様の御膳に毒を盛った不届き者がおる。今より総調べをいたすゆえ、神妙に応じるように。されば、まず聞こう。二ノ膳に供された蒸し鮑を調理した者は誰か」

「……そ、それがしにござります」

年嵩《としかさ》の包丁人が手を挙げた。

「もしや、鮑に毒がござりましたか」

包丁人は小納戸頭取ではなく、蔵人介をみつめる。

小納戸頭取の許しを得て、蔵人介はうなずいた。

「微量の鳥頭だ」

「矢背さま、それがしではございませぬ」

無論、承知している。二十数年も御膳所に仕える昵懇《じっこん》の包丁人が、毒を盛った下手人であるはずはない。

「誰か、不審な者を目にしておらぬか」

今泉の問いかけにたいし、数人の目が同じひとりの同心に向けられた。

さきほどの内間源六だ。

新参者だけに、注目を浴びたのだろうか。

目敏《めざと》い今泉が、内間をそばに呼びつけた。

「おぬし、名は」

「内間源六にございます」

「いかがした、動揺《どうよう》しておるのか」

「……い、いえ」

否定したそばから、内間は滝のような汗を滴《したた》らす。

その様子を眺め、不審を抱かぬ者はいなかった。

今泉は顔をしかめ、単刀直入に糺す。

「正直に申せ。おぬしが毒を盛ったのか」

重苦しい沈黙が流れ、内間は唐突に膝を屈した。

「……も、申し訳のないことにござります」

床に両手をつき、肩を震わせながら嗚咽《おえつ》し、ひたすら謝りつづける。

もちろん、謝って済むことではない。

「……ほ、ほんの出来心にござりました」

どう申しひらきしたところで、切腹は免れまい。いや、切腹の名誉も与えられず、斬首《ざんしゅ》の沙汰《さた》を下されるだろう。

ぴしゃっと、俎板の上で魚が跳ね、はらわたが飛び散った。

「げっ、まだ生きておったか」

今泉は吐き気を催したらしく、その場からそそくさと居なくなる。

明日は我が身とおもったか、逸見は蒼白《そうはく》な顔で内間を睨みつけた。

蔵人介は、おのれに課された役目を全うしたにすぎない。

だが、何とも言えぬ後味の悪さを感じていた。

出来心で公方に毒を盛ることなど、誰が考えてもあり得ぬはなしだ。

おそらく、内間は目付《めつけ》から厳しい責め苦を与えられるにちがいない。

まんがいち、炙《あぶ》りだされてくる真実があるのだとすれば、家業の毒味とは別の隠密御用が下されるやもしれぬ。

——悪辣非道《あくらつひどう》な奸臣《かんしん》を成敗せよ。

蔵人介には暗殺御用の執行人という別の顔があった。

「矢背蔵人介さま……」

気づいてみれば、内間が真っ赤に充血した目で告げてくる。

「……よ、よくぞ見抜いていただきました。おかげさまで、天下の大罪人にならずに済みました。されど、まことのことを申せば、このようなかたちで矢背さまにお目に掛かりたくはなかった……」

何を言っているのか、にわかに理解できずにいると、内間はさらに声を落とす。

「……できることなら、妻にお伝え願いたい。夫は乱心のすえに潔《いさぎよ》く成敗《せいばい》されたと」

あらかじめ覚悟はできていたとでも言いたいのか。

「おぬし、誰かに毒を手渡されたのか」

蔵人介の問いかけに、内間は口を噤《つぐ》んだ。

もはや、何を問われても語るまいと、静かに眸子を瞑《つむ》る。

殊勝《しゅしょう》な態度にもみえた。縄を打たれたあと、目付にたいして何か訴えたいことでもあるのだろうか。

わからぬ。

「困ったな」

しかるべき筋から密命が下されてこぬようなら、おのれ自身で裏の事情を調べるしかない。内間の態度を目にしたからではなく、烏頭毒に舌が痺れた瞬間から、蔵人介は心にそう決めていた。

二

内間源六は「出来心から毒を盛った」と嘘を吐《つ》き、肝心なことはいっさい喋《しゃべ》らず、城外の刑場で斬首されたという。

まことかどうかはわからぬ。

何しろ、刑の執行まではたったの三日、目付筋による尋問や責め苦の内容はいっさい明かされていない。

耳から離れぬのは、内間の言った妙な台詞《せりふ》だ。

——このようなかたちで矢背さまにお目に掛かりたくはなかった。

あれはいったい、どういうことなのか。

「内間源六は婿養子だったそうです」

と告げるのは、従者《じゅうしゃ》の串部六郎太《くしべろくろうた》であった。

柳剛流《りゅうごう》の剣客として、悪人の臑《すね》を何本も刈ってきた。その串部が横幅のある蟹《かに》のような体軀《たいく》を寄せ、調べてきた内容を披露する。

「内間家は五年ほど前、無継嗣《むけいし》を理由に改易《かいえき》の瀬戸際まで追いこまれたものの、出自のはっきりせぬ源六が持参金を携《たずさ》えて養子にはいったことで改易を免れたそうです。されど、無役の無禄暮らしは五年もつづいた。内証《ないしょう》が火の車であったことは、容易に想像もつきましょう」

内間家にとってみれば、御膳所同心はようやくにして摑《つか》んだ御役だった。にもかかわらず、出仕《しゅっし》から数日後に公方の御膳へ毒を盛るとは、到底信じがたい暴挙としか言いようがない。しかも、内間の存外に冷静な態度を思い起こせば、裏に拠《よん》所《どころ》ない事情が隠されているのではないかと推察せざるを得なかった。

「残された妻子は組屋敷に居られず、裏長屋に移ったようです」

改易を見越してか、妻子はすでに離縁されており、妻には秘かに商家の後妻となるはなしが持ちあがっていると、串部は言う。

「何でも、商家の主人に見初《みそ》められたのだとか。いずれにしても、夫の死を見越しておったかのようですな」

後妻の噂が事実なら、内間も了解したうえでのことだろう。内間はみずからの死を予見し、妻子が侍身分を捨てても生きていくための算段をおこなっていた。と、考えれば、納得できなくもない。

ただ、夫を亡くしたばかりの妻の身になれば、やはり、首をかしげざるを得ない。生活のためとはいえ、すぐに気持ちを切りかえ、別の道へ踏みだすことなどできるのだろうか。

「真偽を確かめにまいりますか」

蔵人介は串部に促《うなが》されるがまま、役目を済ませたその足で目途《もくと》へ向かうべく、武家屋敷の錯綜《さくそう》する番町《ばんちょう》を斜めに突っ切った。

「まずは、噂にあがった商家のほうへまいりましょう」

神無月《かんなづき》五日は達磨《だるま》大師の忌日《きじつ》ゆえ、顔以外を赤く塗った張り子の玩具《おもちゃ》が市中の露店などに所狭しと並んでいる。あと四日で炬燵《こたつ》開きの玄猪《げんちょ》となるが、立冬《りっとう》を控えてもさほど寒さは感じない。むしろ、頬を撫《な》でる風が心地よく、坂道を登れば額にうっすらと汗も滲《にじ》んできた。

串部に連れていかれたさきは、神楽坂《かぐらざか》の中途にある商家である。

屋根看板を見上げれば『淡路屋』とあり、立派なうだつまで築かれていた。

内間の妻女を見初めたのは、たいそう羽振りのよい乾物《かんぶつ》問屋の主人らしい。

「乾物問屋だけに、俵物も扱っておりましょうな」

「さて、それはどうか」

煎海鼠《いりなまこ》、鱶鰭《ふかひれ》、そして干鮑。蝦夷《えぞ》産の俵物三品は唐土《もろこし》では金銀にも匹敵する高価な食材として知られ、長崎の出島《でじま》経由でしか取引は許されていない。紛《まご》うかたなきご禁制の品だけに、市井《しせい》の乾物問屋で扱われている公算は小さかった。

海産物の匂いを嗅ぎながら、さほど高くもない敷居をまたぐ。

蔵人介は裃を纏っており、およそ乾物問屋の客にはみえない。

「ごめん、ちともの尋ねたい」

串部が大声を張りあげると、奥から馬面《うまづら》の商人があらわれた。

主人であろう。

「何か御用でしょうか」

怪訝《けげん》な様子ながらも、揉み手で近づいてくる。

「淡路屋《あわじや》か。尋ねたいのは、内間源六のことじゃ」

「もしや、御目付筋のお役人さまであられますか」

「ふむ」

勝手に誤解してくれたので、蔵人介は威厳《いげん》を込めてうなずいた。

「へへえ」

馬面の主人は両手をつき、床に額を擦《こす》りつける。

「何なりとお尋ねくださいまし。正直におこたえ申しあげますゆえ、牢屋敷にはいるのだけはご勘弁を」

「入牢《じゅろう》を恐れるほど、やましいことでもあるのか」

「……と、とんでもござりませぬ。手前はただ、内間さまに百両お貸し申しあげただけにござります」

「百両だと」

「はい。出入りの柾木《まさき》屋さんから、どうしても頼むと土下座までされたものですから」

内間が無役だったころのはなしだという。役に就《つ》くことが内定し、お披露目にかかる費用《ついえ》を捻出《ねんしゅつ》したかったのだろう。それにしても、貧乏御家人にたいして百両もの大金をよくも貸せたものだ。

蔵人介は目付の使者を装い、問いをかさねた。

「柾木屋とは何者か」

「公方さまご献上のお品を使いまわして手間賃を取る献残屋《けんざんや》にござります。最初は御家人株を担保にすると申しておりましたが、よくよく伺《うかが》えば内間さまは二半場の御家人であられ、株の売買を許されておられぬとか」

淡路屋は、ことばを慎重に選びながらつづける。

「それがわかると、柾木屋さんは担保の代わりに、内間さまの請人《うけにん》となられる上役のお方をお連れになりました」

「上役とな」

「何でも、御役に就けぬ二半場の御家人は、小普請組《こぶしんぐみ》ではなしに御目付のもとにおかれるそうで」

上役の姓名は犬山軍兵衛《いぬやまぐんべえ》、役名は目付支配無役世話役である。

「最後は泣き落としにござりました。役に就く目途も立っておるゆえ、出世払いで頼みたいと、犬山さまと内間さまご本人、さらには内間さまのご妻女までお越しになり、みなさまに深々と頭を下げられたら、手前も否《いな》とは言えませなんだ」

「わからぬではないが、担保無しで百両も融通するのは妙だな」

「妙とは」

聞き返す馬面に向かって、蔵人介は眸子を細めた。

「おぬし、内間源六の妻女に懸想《けそう》したのであろう。それで、百両もの大金を融通する気になったのでは」

「……め、滅相《めっそう》もございませぬ。他人様のご妻女を、しかも、お武家のご妻女に懸想したなどと、さようなことが噂になれば、世間でどのような陰口をたたかれるかわかったものじゃない」

串部が一歩踏みだし、ぎょろ目を剝《む》いてみせる。

「正直に申せ。嘘を吐けば、後ろ手に縛りあげ、小伝馬町《こでんまちょう》まで引いていってもよいのだぞ」

「……そ、それだけはご勘弁を……わ、わかりました。正直に申しあげますと、手前は万智《まち》さまに一目惚《ひとめぼ》れいたしました」

内間の妻は「万智」というらしい。

淡路屋は万智に下心を抱き、大金を貸したのだ。

「ところが、しばらくすると、柾木屋さんから耳を疑うようなはなしが飛びこんでまいりました」

内間源六は千代田城で大失態をやらかして、残された妻子が路頭に迷っている。ついては、百両の借金を相殺《そうさい》するのと交換に、妻を連れ子ともども引き取ってもらえまいかと、淡路屋は相談されたという。

「一も二もなく、手前はお受けしました。つれあいを病で亡くして以来、男寡《おとこやもめ》の身で何かと苦労もしておりましたから、万智さまのようなお方にお越しいただけるのであれば、願ってもないことにござります。これぞ、まさに瓢簞《ひょうたん》から駒……おっと、初七日《しょなぬか》も過ぎておらぬというのに、さようなことを申せば罰《ばち》が当たりますな」

淡路屋は万智の顔を脳裏に浮かべたのか、すけべそうに鼻の下を伸ばす。

「もちろん、今は世間体《せけんてい》を憚《はばか》って、後妻のはなしは内密にしております」

ところが、火の無いところに煙は立たぬの諺《ことわざ》どおり、噂は市中隈無《くまな》く行きわたりつつあった。

「噂に尾鰭《おひれ》がついて悪者にされるようなら、たまったものではござりませぬ。商売にも響いてまいりますからな。さりとて、万智さまをあきらめることもできず、正直、困っておるのです。どうか、お察しくだされ」

噂の真偽が判明し、経緯《いきさつ》もあらかたわかったので、柾木屋なる献残屋の所在だけ聞いて淡路屋を後にした。

三

神楽坂から毘沙門《びしゃもん》堂のある善國寺《ぜんこくじ》を通りすぎて左手に折れ、肴町《さかなまち》のあいだを抜ける横道を進む。

「藁店《わらだな》か」

蔵人介は吐きすて、栗皮《くりかわ》色の裃を脱いで串部に手渡した。

大袈裟《おおげさ》にならぬようにとの配慮だが、六尺の体軀《たいく》に照柿《てりがき》色の着物を纏った外見はめだちすぎる。

しかも、腰には「鳴狐《なきぎつね》」と通称される愛刀を差していた。

矢背家に縁の深い山形《やまがた》藩秋元《あきもと》家の殿さまから下賜《かし》された粟田口国吉《あわたぐちくによし》の銘刀である。

異様に柄《つか》の長い長柄刀《ながつかとう》に細工してあるので、裏長屋の木戸口に立つ蔵人介の風体《ふうてい》は誰が眺めても奇異《きい》に映った。

藁店に住んでいるのは店賃《たなちん》も滞りがちな貧乏人ばかり、およそ侍身分の者が寄りつくようなところではない。

主従は朽ちかけた木戸を潜り、どぶ板を踏んで奥へ進んだ。

洗濯をする嬶《かか》ぁや洟垂《はなた》れまでが、怪訝《けげん》そうな顔を向けてくる。

気にも掛けずに進むと、奥の部屋から男の子が飛びだしてきた。

天頂だけを丸く剃ったかっしき頭、齢《よわい》は五つほどであろうか。

何をするかとおもえば、手にした木ぎれを縦横に振りはじめる。

「えい、やあ、たあ……」

剣術のまねごとらしい。

武家の子であることはすぐにわかった。

頭ひとつ大きな洟垂れが幼子《おさなご》に近づき、両手でどんと背中を押す。

転んだ幼子は泣きもせず、木ぎれを振りあげて反撃に転じた。

が、年の差、力の差は如何《いかん》ともし難い。

こんどは、胸を突かれて転ばされた。

それでも、泣かずに起きあがってくる。

蔵人介はおもわず、串部と顔を見合わせた。

おそらく、内間源六の忘れ形見《がたみ》にちがいない。
洟垂れどもは数を増し、幼子ひとりを的にしだす。
輪になって囲み、子亀よ、泣け、踊れと、囃《はや》したてた。
たまらずに身を乗りだす串部の袖を、蔵人介が摑んだ。
部屋のなかから、母親が悠然《ゆうぜん》とあらわれたのだ。
万智という内間の妻女であろう。
幼子は母をみつけ、泣きべそを掻きはじめる。
母は胸を反らし、声を張った。
「源太郎《げんたろう》、泣くでない。素手で闘いなされ。卑怯《ひきょう》なまねは許しませぬぞ」
万智らしき母は転がった木ぎれを拾い、膝のうえでへし折ってしまう。
「さあ、立つのです。泣いたら負けと、肝に銘じなされ」
母親の剣幕に気圧《けお》され、洟垂れどもは蜘蛛《くも》の子を散らすように失《う》せた。
蔵人介は嘆息《たんそく》する。
武家の妻女に似つかわしい心意気に接し、いささか驚かされたのだ。
万智はこちらに向きなおり、軽く会釈をしてみせた。
なるほど、鼻筋の通った面立《おもだ》ちは美しく、淡路屋が一目惚れする気持ちもわからぬではない。

ただし、眉間《みけん》に皺《しわ》を寄せた顔は、般若《はんにゃ》のようでもあった。

どうしても隠しきれぬのは、恨みの籠《こ》もった眸子《まなこ》であろう。

ひょっとして、勝手に死んでしまった夫が許せぬのだろうか。

それとも、後妻の座を安易に諾《だく》した自分が許せぬのか。

蔵人介は戸惑いつつも、黙然《もくねん》と近づいていった。

何はともあれ、夫が死にいたった経緯と託された遺言を伝えねばならぬ。そのために足労《そくろう》したのだと、みずからに言い聞かせた。

「もし、内間源六どののご妻女であられようか」

「さようにござりますが」

「万智どのですな」

「はい」

「御膳奉行の矢背蔵人介と申す。じつは、内間どのから伝えてほしいと託されたことばがござる」

「えっ」

万智の動揺は、予想以上に激しい。

　それでも、伝えぬわけにはいかなかった。

「『夫は乱心のすえに潔く成敗された』と、内間どのは仰せになり、そのことばを伝えてほしいとのことでござった」

「……ら、乱心のすえに……い、潔く」

　蒼醒《あおざ》めた母の顔を、源太郎が心配そうに見上げている。

　母は息子に気づき、部屋へ戻るように促した。

　源太郎が居なくなると、大きな目で睨《にら》みつけてくる。

「三日前まで下谷《したや》の組屋敷に住んでおりましたが、夫は口にできぬほどの大それたことをしでかし、申しひらきもできずに斬首されたと、隣近所の噂で知りました。まことなのでござりましょうか」

「まことだ」

「夫は何をしたのでしょう」

　蔵人介は躊躇《ためら》いつつも、事実を伝えることにした。

「上様の御膳に毒を盛った」

「えっ」

「微量の烏頭だ。これは私見だが、お命を狙ったものではないとおもう」

「されば、何故《なにゆえ》に」

「何か、命懸けで伝えたいことでもあったのか。わからぬ。わからぬがゆえに、こうして足を運んだ。いくつか、伺ってもよかろうか」

「……は、はい」

どうにか気丈《きじょう》さを保つ万智が気の毒におもわれたが、この機を失うわけにはいかなかった。

「四日前の朝、登城の折、ご亭主の様子に何か変わったところはござらなんだか」

「出掛けに、妙なことを申しました」

「伺っても」

「はい。『まんがいちのときは献残屋を頼れ』と、今にしておもえば遺言めいたことを口にし、深々と頭を下げてから出掛けていったのでござります」

「献残屋とは、柾木屋のことであろうか」

「いかにも。柾木屋のご主人が同じ日の夕刻にみえられ、主人が不測の事態で捕縛されたと伝えてくださりました」

柾木屋には淡路屋に借金を申しこんだとき、ずいぶんと世話になっていた。直《じか》に会うのは二度目であったが、親身になってもらえることがありがたかった。

柾木屋は翌日にもあらわれ、内間源六に託されたという離縁状《りえんじょう》を携えてきた。引っ越し先も手配済みだと告げて、万智に荷物をまとめさせ、淡路屋の後妻になれば百両の借金を負わずに済むというはなしを囁いた。

つまり、夫に不測の事態が勃《お》きるまで、妻は何ひとつ知らされていなかったことになる。

蔵人介は立ち入った事情に食いこんだ。

「ご亭主は内間家の入り婿と伺ったが、そもそも、どういった素姓の御仁《ごじん》なのか、お教え願えぬものだろうか」

「夫は浪人でした。姓は鰺沢《あじざわ》と申し、生国《しょうごく》は陸奥《むつ》と聞いたことがござります。恥ずかしながら、それ以外はわかりませぬ」

五年ほど前、内間家と浅からぬ縁のあった犬山軍兵衛の紹介で連れてこられたのだという。

「源六さまは父の面前に二百両の持参金を差しだし、内間家を継がせてほしいとお申し出に」

母は病死し、家には老いた父と出戻りの自分しかいなかった。犬山の紹介でもあることだし、拒む理由はなく、素姓のはっきりせぬ浪人者は内間家の入り婿におさまった。それからすぐに男の子にも恵まれたが、病がちの父を看病しながらの暮らしは苦しく、無禄ゆえに内職で食いつなぐしかない日々であったという。

「御役に就けると決まったときは、小躍りして喜びました。父は鬼籍《きせき》に入っておりましたが、墓前にも嬉しいご報告をさせてもらいました。源六さまは怒りもせず、投げやりにもならず、いつも優しくしてくれた……感謝しかございませぬ。正直、夫の死を受けいれることができぬのです。今宵にも、ひょっこり戻ってくるような気がして……これが夢なら、どれほどありがたいことか」

万智は声を出さずに泣き、袖口でそっと涙を拭《ふ》いた。

「源太郎のためにも、生きていかねばなりませぬ。されど、後妻のおはなしはまだ、決めかねております」

「断れば、百両の借金を背負うことになろう」

それは身の破滅を意味する。生きつづけたいと願うのならば、みずからの意志を曲げてでも乾物問屋の後妻におさまるしかない。

もはや、問うべきこともなかった。

「かたじけのうござった」

蔵人介は一礼し、串部ともども踵《きびす》を返す。

「お待ちを、お毒味役さま」

「ん、いかがした」

振りかえると、万智が小走りに身を寄せてきた。

「夫がめずらしく酒に酔い、わたくしに申したことをおもいだしました。お毒味役の家には『毒を啖うて死なば本望』という家訓がある。御役のためなら命すら惜しまぬ気概《きがい》こそが武士たる所以《ゆえん》、自分もお城に出仕するようになったら、同様の心構えをもって励みたいと、さように」

驚いた。一度しか挨拶を交わしたことのない内間源六が、矢背家の家訓まで口にしていたとは、益々《ますます》、裏の事情を探りたくなってくる。

だが、哀れな妻は何もわかっていない。

「矢背さま、夫はほかに何か、申してはおりませなんだか……きっと何か、拠所ない事情があったに相違ありません。このままでは、夫が浮かばれませぬ……どうか、どうか、お教えください」

縋《すが》るように尋ねられても、首を横に振るしかなかった。

万智は真相を知りたがっている。何故、夫が死なねばならなかったのか、その理由をどうしても知りたいはずだ。

当然のことだとおもいつつも、今はまだ、応じるべきことばを持っていない。

もちろん、真相をつまびらかにするつもりだし、調べは任せておけと胸を叩きたいところだが、情に流されて安請《やすう》けあいするつもりはなかった。一介《いっかい》の御膳奉行を頼っても詮無いことだと、何も知らぬ万智にはおもわせておくにかぎる。

——夫の無念を晴らしたいのです。

声無き声に引き留められ、足取りは重くなった。

背につづく串部が、ぼそっとこぼす。

「内間源六のやったことは、いったい、何だったのでしょうか」

それを知るためにも、鍵を握るとおぼしき献残屋を訪ねるしかない。

蔵人介は後ろ髪を引かれながらも、鉛と化した足を引きずった。

四

矢背蔵人介のことを語るとき、たいていの者は畏敬《いけい》の念を抱きつつも、小首をかしげてみせる。

たとえば、小納戸頭取になったばかりの今泉益勝などもそうだ。

「かの者は鬼役であるにもかかわらず、田宮《たみや》流抜刀《ばっとう》術をきわめ、御前試合などでも見事な演武を披露してまいった。幕臣随一《ばくしんずいいち》の剣客と称されておるにもかかわらず、毒味御用は天から授かった家業とうそぶき、笹之間から離れようともせぬ。宝の持ち腐れとはまさしく、矢背蔵人介のことを申すのであろう」

矢背家の当主には、代々引き継がれた隠密御用がある。もちろん、その事実を知らぬがゆえの発言なのだが、今泉とて賄賂《まいない》を貰って私腹《しふく》を肥やす奸臣に堕《お》ちれば、死の間際《まぎわ》に鬼の顔をみるにちがいない。

蔵人介に密命を下す者は、長らく御小姓組番頭《おこしょうぐみばんがしら》の橘右近《たちばなうこん》がつとめてきた。が、昨年の長月《ながつき》二十三日、老中《ろうじゅう》の水野越前守忠邦《みずのえちぜんのかみただくに》にたいして「御政道の過《あやま》ちを正すべし」と、みずからの死をもって諫言《かんげん》すべく、内桜田《うちさくらだ》御門の門前にて腹掻っ捌《さば》いてみせた。そのとき、介錯《かいしゃく》の役を引きうけたのが蔵人介にほかならない。

公方家慶は右腕を失うほどの衝撃を受け、嘆き悲しんだものの、信頼の厚い元大《おお》奥《おく》老女の如心尼《じょしんに》に橘の遺志を継がせることに決めた。

隠密御用をつづけるかどうか葛藤《かっとう》しつつも、蔵人介は今のところ、如心尼の密命を拒んではいない。それもこれも、徳川《とくがわ》家のいやさかを祈念《きねん》しつつ死んでいった橘の遺志を守るためだ。

蔵人介は密命によって動く。ただし、公方の命が脅かされたときは、そのかぎりではない。

――上様のお命をお守りせよ。

毒味役として初めて出仕したとき、養父に厳命されたことばだ。

初めて面前に召しだされたとき、橘も養父と同じ台詞を吐いた。

ゆえに、御膳に毒を盛られたこたびの一件は、表裏の役目に関わりなく、如心尼の密命があろうとなかろうと、みずから率先して真相を解きあかすつもりでいる。

薬店を離れたその足で、内間源六と関わりのあった献残屋の所在へおもむいた。

淡路屋に教えられたさきは飯田町《いいだまち》、九段坂《くだんざか》のひとつ北寄りの中坂《なかざか》を下っていく。

木々の葉は色づいてきたが、いまだ盛《さか》りとは言えない。中坂はかなりの急坂だが、隣の九段坂には段差があるので、荷を載せた大八車《だいはちぐるま》は中坂のほうを使う。大八車と擦《す》れちがうたびに、道端へ避《よ》けねばならなかった。

鳥居前の立札に「よつぎいなり」と記された社《やしろ》は、第二代秀忠《ひでただ》公に縁《ゆかり》のある田《た》安稲荷《やすいなり》であろう。秀忠公は参詣《さんけい》の折、境内に聳《そび》えたつ橙《だいだい》の木を「代々」に掛け、社を徳川家が「代々世を継ぎ栄える宮」と称することに定めた。

蔵人介と串部は田安稲荷を過ぎて右手に折れ、淡路屋に教えられたとおり、裏道をしばらく進んだ。

ところが、目途の地へたどりついてみると、献残屋があったとおぼしき家作《かさく》は空き家になっており、人の気配すらない。隣近所の者に尋ねても事情は判然とせず、ただ、数日前までは『柾木屋』という看板が掛けられていたということだけは確かめられた。

「主人は愛想《あいそ》のよい男でしたが、留守がちで、商家のわりには人の出入りもまばらであったとか」

串部が聞きこんできたはなしを告げる。

「糸口を失いましたな。こうなったら、お稲荷さんに願掛けでもいたしますか」

蔵人介は誘いに乗り、裏道を戻って田安稲荷の鳥居を潜った。

参詣客は少なく、白装束の宮司が参道を箒《ほうき》で掃いている。

蔵人介は勘をはたらかせ、そばまで近づいていった。

「ご精が出ますな」

「ふむ、紅葉もせぬうちから落ちる葉もあるのでな」

「ときに、お尋ねいたしたきことが」

「何であろう」

「裏に柾木屋なる献残屋があったのはご存じでしょうか」

「知らぬはずはない。ちょうど一年前、何処《どこ》からかふらりとあらわれ、三十両ものご寄進《きしん》をしていただいた」

店を構える挨拶も兼ねてのことだったらしいが、献金の額としてはかなりのものである。

「地元に根付くものと考えておった。ところが、三日前にふいにあらわれ、今度は店をたたむことにしたと言い、夜逃げも同然に消えてしもうた」

「夜逃げも同然に」

「わしの目にはそうみえた。何やら、ずいぶん焦っておいでのようじゃった」

「ほう」

「じつは、退去するにあたって、書状をひとつ預かってほしいと頼まれてな。ちと、お待ちを」

所在なげに待っていると、宮司は社務所から奉書紙《ほうしょがみ》に包んだ書状を携えてきた。

「これじゃ」

「開けてみられましたか」

「いいや、柾木屋の主人が妙なことを言うものでな」

「妙なこと」

「『最初に自分を訪ねてきた相手に書状を託してほしい。それまでは封を開けずに所持しておいてもらえぬか』と、さように申したのじゃ」

「なるほど、それで、お持ちくだされたのですな」

「竜宮城で玉手箱を託された浦島太郎の気分じゃ。正直、戸惑わざるをえなんだわい」

「されば、御免」

蔵人介は奉書紙を開いた。

納められていたのは書状ではなく、帳面か何かの切れ端である。

「何であろうな」

宮司も串部も興味津々《しんしん》の顔で覗《のぞ》きこんできた。

蔵人介は紙切れをみつめながら応じる。

「これは津軽《つがる》家の藩庁《はんちょう》日記にござります。六年前に嵐で遭難した北前船《きたまえぶね》のことが記されておりますな」

宮司は首をかしげた。

「北前船と申せば、蝦夷や奥羽《おうう》諸藩から能登《のと》経由で大坂《おおさか》や長崎に物品を運ぶ大船の

「よくご存じで」

「宮司でもその程度は知っておる。されど、何故、六年も前の遭難記録をこの身に託したのであろうか」

記録の切れ端には、蝦夷地の様似沖《シャマンニ》という遭難場所が記され、菱川屋利平《ひしかわりへい》という荷主が大損したことや、銀吉《ぎんきち》という名の船頭と十二名の水夫《かこ》たちすべてが海の藻屑《もくず》と消えたことなどが記されてあった。

「これをお預かりしてもよろしゅうござるか」

蔵人介の願いに、宮司はうなずきつつも胸を反らす。

「お持ちいただくのはけっこうじゃが、ご身分とご姓名を伺っておかねばなるまい」

「これは申し遅れました。千代田城の本丸《ほんまる》にて御膳奉行をつとめる矢背蔵人介と申しまする」

「御膳奉行とは、鬼役と呼ばれるお毒味役のことであろうか」

「いかにも」

「ふうむ、わからぬ。何故、鬼役どのがここへ訪ねてこられたのか。しかも、矢背という聞き慣れぬ姓が気になる。もしや、洛北《らくほく》は比叡山《ひえいざん》の麓《ふもと》にある八瀬《やせ》なる山里に関わりがおありか」

「洛北の八瀬は、養母《はは》の生まれ故郷にござります」

「何と、さようであったか」

「にしても、よくぞおわかりになりましたな」

「生国が京《きょう》でな、八瀬という名の由来も知っておるぞ」

遥《はる》か一千二百年前、壬申《じんしん》の乱の際、天武《てんむ》天皇が洛北の地で背中に矢を射かけられた。「矢背」と名づけられた地名が、やがて「八瀬」と表記されるようになったのだ。

「八瀬と申せば八瀬童子《どうじ》じゃな。八瀬の民は閻魔《えんま》王宮《おうきゅう》の使わしめ、大王の輿《こし》を担ぐ力者《りきしゃ》とも言われておる」

八瀬童子の童子とは、高僧に随伴《ずいばん》する鬼神のたぐいをしめし、不動明王《ふどうみょうおう》の左右に侍《はべ》る「せいたか童子」と「こんがら童子」の子孫であるとも伝えられている。

「鬼の子孫であることを誇り、鬼を祀《まつ》ることでも知られておる。集落の一角にある鬼洞《おにがほら》なる洞窟には、都を逐《お》われて大江山《おおえやま》に移りすんだ酒呑《しゅてん》童子が祀られておるとか」

鬼の子孫であることを公言すれば、諸所からの弾圧は免れない。山里の人々は難を避けるべく、比叡山に隷属《れいぞく》する「寄人《よりうど》」となり、延暦寺《えんりゃくじ》の座主《ざす》や高僧、ときには皇族の輿をも担ぐ「力者」となった。

「戦国の御代《みよ》には禁裏《きんり》の間諜《かんちょう》となって暗躍したとか」

さすがにそこまで知っているとは驚きだ。たしかに、闇の世では「天皇家の影法師《かげぼうし》」と畏怖《いふ》され、絶頂期の織田信長《おだのぶなが》でさえも闇の族《うから》の底知れぬ能力を懼《おそ》れたという。

矢背家は八瀬童子の首長《しゅちょう》に連なる家柄、男児に恵まれぬ女系であったがゆえに、養父の信頼《のぶより》も御家人出身の婿養子であった。信頼と養母の志乃《しの》は子を授からず、鬼の血を引く矢背家の血脈は志乃の代で途絶えた。蔵人介の妻女である幸恵《ゆきえ》は徒目付《かちめつけ》の綾辻《あやつじ》家から娶《めと》った女性なので、大坂にいる一粒種の鐵太郎《てつたろう》にも鬼の血は流れていない。

さらに問いをかさねたがる宮司に辟易《へきえき》としつつ、串部が横から割ってはいった。

「殿、今おもいついたのですが、献残屋ならば上様に供された干鮑の残りも使いまわしにしていたやもしれませぬな」

「ふむ」

ぬ。蔵人介も考えていたことだ。献残屋なら、ご禁制《きんせい》の俵物を扱っても罪には問われかった。毒の仕込まれた品が干鮑であったことと、何らかの関わりがあるのかもしれなた。しかし、肝心の献残屋は店をたたんで行方知れずとなり、海難事故の記録だけが手元に残され

「まあよかろう。とりあえず、喉のつかえが取れた気分じゃわい」

宮司は自分を納得させるようにうなずき、社務所のほうへ遠ざかっていく。

蔵人介は忘れていた願掛けをおこなうべく、朱の柱に囲まれた拝殿に向かって歩きだした。

五

八瀬の里を知る宮司に出会ったのも何かの縁であろう。

市ケ谷御納戸町《いちがやおなんどまち》の家へ帰ってみると、夕餉《ゆうげ》の仕度《したく》がととのっていた。

出迎えた妻の幸恵は両袖で大小を預かりつつも、心配そうに見上げてくる。

「いかがした」

「お戻りが遅いもので、また毒を口にされたのではないかと、よからぬことを考え

てしまいました」

「案ずるな」

笑い飛ばしながらも、案じてもらったことに感謝する。

じつは、幸恵と志乃には隠密御用のことを告げていない。家人《かじん》を巻きこんではならぬと、養父に厳命されていたからだ。密命を下されたわけではないが、毒の盛られた真相を探ることは隠密御用にまちがいなかろう。

「出汁《だし》の良い香りが漂ってくるな」

「塩鯖《しおさば》を潮《うしお》仕立ての船場《せんば》煮にいたしました。仕上げは鴨飯《かもめし》にござります」

「ほう、豪勢だな」

「義母上《ははうえ》のご所望《しょもう》ですよ」

「何ぞ祝い事でもあったかな」

「お忘れですか。義母上のご生誕日にござります」

どくんと、鼓動が脈打った。

いつぞやか、志乃が「この身は達磨《だるま》大師の生まれ変わり」と、笑っていたのをおもいだす。「達磨大師は面壁《めんぺき》九年のすえに手足を失ったそうじゃが、わたくしは悟りなんぞをひらくよりも、美味しいものをたくさんいただいて、あっさり死んでいきたい」と、戯《ざ》れ言《ごと》のような台詞も口にしていた。

ともあれ、困った。贈り物を携えていない。

「そんなことだろうとおもい、御用達の御菓子処へおもむき、干菓子《ひがし》を求めてまいりました。和三盆《わさんぼん》をふんだんに使った越後《えちご》の銘菓、越乃雪《こしのゆき》にござります」

「おう、それはありがたい。越乃雪さえあれば、養母上はご満悦《まんえつ》ゆえな」

「値が張りましたよ」

「詮方《せんかた》あるまい」

出費が嵩《かさ》んでも、志乃に落胆されるよりはましだ。

「落胆はなされますまい。ただ、お忘れになっていたことを根に持たれ、事に寄せてはねちねちと、お小言《こごと》を頂戴する羽目になりましょう」

「ねちねちとか」

「はい、ねちねちと。端で聞いているのも心苦しいとおもったゆえ、越乃雪を秘かにご用意申しあげたのでござります」

あっさりとした性分の幸恵が、くどいほどに恩を売ろうとする。

おおかた、姑と嫁のあいだでひと悶着《もんちゃく》あったのだろう。

家の片付けが行き届いていないとか、茶道の弟子たちへの躾《しつけ》がなっていないとか、蔵人介にしてみればどうでもよい些事《さじ》だ。

幸恵は何か言いかけたが、巧みに躱《かわ》して関わりを避けた。

部屋で素早く着替えを済ませ、みなの待つ膳所へ向かう。

矢背家では家人も使用人も一堂に会して餉《かれい》をとるので、下座には従者の串部も座っており、八瀬の地で生まれた下男の吾助《ごすけ》と女中頭のおせきも揃《そろ》っていた。

蔵人介は黙って上座に腰を下ろす。

右手には志乃が家長然として座り、左手には鬼役を継がせるべく養子に迎えた卯三郎《うさぶろう》が端座《たんざ》している。幸恵が卯三郎の隣に腰を下ろしかけたところで、志乃はこほっと咳払いをひとつした。

すかさず、蔵人介は口をひらく。

「今宵はめでたい日にござります。養母上、本年もつつがなく、ご健勝《けんしょう》でなにより……」

「お黙りなされ。わたくしの生誕日など、お忘れいただいてけっこう。さようなことを気に掛けている暇があるなら、御膳所同心が上様の御膳に毒を盛った理由《わけ》を解きあかしてみなされ」

「えっ」

「何を惚《とぼ》けた顔をしておるのです。毒を啖うだけがお役目ではありますまい。毒の在処《ありか》を突きとめてこその鬼役じゃ」

「養母上、おことばですが、それは目付筋のお役目かと」

「本気でそうおもうておるのか。体たらくな連中に任せておいても、何ひとつ解決せぬわ。同じことが繰りかえされ、やがては毒を啖うて死ぬしかない。さような運命《さだめ》を甘んじて受けいれるほど、わたくしは人間ができておりませぬゆえな」

何もかも見透かしているような眼差《まなざ》しで、じっとみつめられる。

蔵人介は顔を背《そむ》けた。

秘匿《ひとく》しつづけている隠密御用のことを察したうえで言っているのか、それとも知らずに煽《あお》っているのか、志乃の心中を推《お》しはかることはできない。

「せっかくの鯖が不味《まず》くなる。さあ、食べましょう」

志乃のひとことで、みなはようやく箸をとった。

椀を手に取れば、汁の表面に鯖の脂《あぶら》がぎっとり浮いている。ところが、ひとくち啜ってみると存外にあっさりしており、生臭さはまったく感じられない。

「醬油を一滴垂らすのが骨法《こつ》なのですよ」

さきほどの態度とは打って変わり、志乃は品良く微笑む。

幸恵が相槌《あいづち》を打った。

「まこと、醬油とは不思議なものにござります。たった一滴でも味を落ちつかせてくれる。醬油を垂らす骨法は、義母上が船場の商人から直に教わったのだそうですよ」

「なるほど、あっさりとしたなかにも、深いこくがある」

それが潮汁《うしおじる》を啜った正直な感想であった。

卯三郎と串部は関わりを避け、黙々と箸を動かす。

吾助とおせきは賄《まかな》いに立ち、落ちついて席に座っていない。

晩酌のおかずには餡《あん》かけ豆腐や長芋の千切り、さらには香《こう》の物も出され、仕上げに鴨飯が運ばれてきた。

「これよこれ」

真鴨の胸肉を薄く削《そ》ぎ切りにし、醬油と酒と砂糖で煮詰めたたれに漬けこむ。それを炊きあがったご飯に載せ、小口《こぐち》切りにした分葱《わけぎ》を散らす。茶碗に盛れば鴨肉がはみだしてしまうので、卯三郎と串部はおせきに丼飯を所望した。

卯三郎は暇があれば剣術稽古にいそしみ、いつも腹を空かせている。たれの浸みたご飯を豪快にかっこむ様子は、みているだけでも小気味よい。

好物の鴨飯を食べたせいか、志乃の機嫌はすっかり直った。

「義母上、蔵人介さまからこちらをと」

膳を片付けたところで、幸恵が干菓子を携えてくる。

「おや、何でしょう」

志乃は好奇に目を輝かせ、干菓子の名を言い当てた。

「まあ、越乃雪」

「どうぞ、おひとつ」

摘《つま》んでひとくち齧《かじ》り、志乃は満足そうにうなずく。

「甘いのう。蔵人介どの、ありがとう」

晴れやかな笑顔を眺めていると、心苦しい気分にさせられた。

「養母上、じつは……」

と、言いかけたところへ、幸恵が巧みに割ってはいる。

「まこと、甘うございますなあ。さすが、和三盆をたっぷり使っているだけのことはございます」

「幸恵さんの仰《おつしや》るとおりじゃ。わたくしに言わせれば、越乃雪に勝る銘菓はない。お返しに茶を点《た》てて進ぜよう。おせき、こちらへ茶道具を」

志乃はひとかどの茶人であり、請《こ》われれば今も雄藩《ゆうはん》の奥向《おくむき》で茶道を指南《しなん》している。雄藩の奥向と言えば、かつては薙刀《なぎなた》も指南していた。御前試合で新陰流《しんかげ》や一刀流《いっとう》の免状を持つ剣術指南役とわたりあい、楽々と打ち負かしてみせたことも一度ならずある。

前田《まえだ》、伊達《だて》、島津《しまづ》といった錚々《そうそう》たる雄藩の重臣と親交を持ち、天皇家との橋渡し役である武家伝奏《てんそう》とも懇意にしてきた。歯に衣《きぬ》着せぬ物言いと情け深い性分は藩主をも魅了し、松江《まつえ》藩の松平不昧《まつだいらふまい》公からは雪舟《せっしゅう》の水墨画を贈られたこともある。還《かえ》らぬ人となった橘右近も、じつは志乃に魅了された者のひとりだった。

干菓子を齧りながら屈託《くったく》無く笑う志乃の様子を眺め、やはり、どう逆立ちしてもこの御仁には敵《かな》わぬと、蔵人介はおもった。

志乃のからだには、千年ものむかしから脈々と引き継がれた鬼の血が流れている。それはまさしく、断じて悪辣非道《あくらつひどう》の輩《やから》を許さぬ鬼の血にほかならず、正義と忠義に裏付けられた鬼の血を受け継ぐことこそが、鬼役を全うするということなのかもしれなかった。

悪事が露見すれば、蔵人介は容赦《ようしゃ》なく剣をふるう。

密命を全うせんと、悪党どもを一刀両断にしてきた。

切捨御免《きりすてごめん》の権限は、選ばれし者にしか許されていない。

ただし、見方を変えれば、蔵人介は密命によって人を斬る暗殺者でもあった。

そのことを先代の信頼はひた隠しに隠し、志乃に告げてはならぬと厳命した。

養父の遺言を守るのに、少々疲れてしまったのかもしれない。

いっそのこと、この場で何もかも正直に告げてしまおうか。

蔵人介はそんな衝動に駆られつつ、越乃雪の相伴《しょうばん》に与《あずか》る。

苦いおもいを抱きながら甘いものを口にすれば、心のなかの葛藤がすうっと溶けていくような気もする。

鶴首《つるくび》の茶釜は湯気をあげ、志乃はさくさくと茶筅《ちゃせん》を振っていた。

茶室は外の草庵に築いてあったが、何処であろうと茶は点てられよう。

所作には一分の隙《すき》もなく、流れるようにすすみ、膝前へ黒楽《くろらく》茶碗が差しだされた。

作法に則《のっと》って茶碗を抱え、蔵人介はひと口に呑みほす。

「けっこうなお点前《てまえ》にござる」

神妙に発し、茶碗の底をみつめた。

ふと、内間の台詞が脳裏を過《よぎ》る。

——このようなかたちで矢背さまにお目に掛かりたくはなかった。

されば、どのようなかたちで会いたかったというのか。

酒でも酌みかわしながら、忠義のあり方や武士道について、語り明かしたかったのであろうか。

ひょっとしたら、何者かに験《ため》されているのかもしれない。

よもやとはおもうが、鬼役に課された隠密御用を知る者たちがいて、何かを託したがっているのではあるまいか。

蒸し鮑にふくまれた毒をみつけたことも、斬首された同心の妻子を訪ねたことも、田安稲荷に詣でたさきで宮司から難破船の記録を預かったことも、すべては何者かの導きに応じたものだとすれば、つぎの一手が講じられてくる公算は大きい。

ただ、待っておればよいのか。それとも、別の手を探るべきなのか。

迷う心をととのえるべく、二杯目の茶を所望しようと、蔵人介はゆっくり顔を持ちあげる。

志乃は何もかも承知しているとでも言いたげに、さくさくと茶筅を振りはじめた。

六

猪《いのしし》は毎年十二頭の子を産み、閏年《うるうどし》には十三頭の子を産むという。今月初めての亥の日、九日は子孫繁栄を祈念し、武家も町家も亥子餅《いのこ》を搗《つ》いて祝った。

諸大名ならびに直参《じきさん》の家臣たちは暮れ六つ（午後六時）までに千代田城へ登城し、公方家慶に拝賀しなければならない。大手《おおて》、桜田の御両門からさきには点々と篝火《かがりび》が焚《た》かれ、城内へとつづく暗闇を淡く照らしていた。

蔵人介は人の流れに逆らい、桜田御門のほうへ向かっていた。すでに夕餉の毒味を終え、大豆、小豆《あずき》、大角豆《ささげ》、胡麻、栗、柿、糖《あめ》といった七種の粉を練ってつくる亥子餅も毒味した。御役御免となって少し疲れを感じつつ、帰宅の途につこうとしているところだ。

――りっ、りっ、りっ。

塀際で鳴いているのは、初冬まで見受けられる綴《つづ》れ刺《さ》せ蟋蟀《こおろぎ》であろうか。肩刺せ、裾《すそ》刺せ、綴れ刺せと鳴き、冬仕度のために着物の手入れを促しているとの俗信《ぞくしん》もある。

塀際の暗がりへ足を向けると、人影がふいにあらわれた。尿筒《しとづつ》持ちの公人朝夕人《くにんちょうじゃくにん》、土田伝右衛門《つちだでんえもん》である。

「お待ち申しあげておりました」

「ふむ」

公方が尿意を告げたとき、伝右衛門はそっと一物《いちもつ》を摘んで竹の尿筒をあてがう。それが表の役目で、裏の役目はほかにあった。十人扶持《ぶち》の軽輩《けいはい》にすぎぬものの、武芸百般《ひゃっぱん》に通暁《つうぎょう》しており、公人朝夕人こそが公方を守る最大にして最強の盾《たて》となるのだが、公方の近習《きんじゅう》でもそのことを知る者はいない。

伝右衛門は長らく、橘右近の子飼いとして隠密御用に勤《いそ》しんできた。蔵人介とは太い絆で結ばれ、しかるべき筋から密命を下されれば、間者《かんじゃ》となって探索をおこなう。

「性懲《しょうこ》りも無く、蟋蟀のまねか」

「季節外れでもござりますまい」

「何かわかったようだな」

「お預かりした北前船の難破記録について、いくつかおもしろいことが」

まずひとつ目は、六年以内に蝦夷の沖合で難破した北前船のうち、六艘《そう》が俵物を長崎へ運ぶために徴用《ちょうよう》された御用船であったという。

「しかも、荷主も兼ねた船主はすべて、菱川屋利平なる近江《おうみ》商人にござりました」

「何だと」

年に一艘の船を失えば、損失は莫大《ばくだい》なものとなる。ところが、菱川屋は潰《つぶ》れるどころか、蝦夷地に根を張る場所請負《うけおい》商人のなかでは飛ぶ鳥をも落とすほどの勢いらしい。

「江戸にも大きな蔵を何棟も建て、これみよがしに高々とうだつを築きあげているのだとか」

藩庁日記に記されていた「様似《シャマンニ》」という地は、襟裳《えりも》岬と浦河《うらかわ》のあいだに位置する商場《あきないば》のことで、商場とはアイヌの居住地に置かれた和人とアイヌの交易《こうえき》場所のことをさす。蝦夷地には商場が何箇所もあり、江戸幕府開闢《かいびゃく》の頃から松前《まつまえ》藩が管理を託されていた。

松前藩は交易する商品に運上金《うんじょうきん》を課し、それを藩の重要な収入源とするだけでなく、各々の交易場所で運上金を徴収する権利に関し、禄米に代わる知行《ちぎょう》として藩士たちに下付《かふ》してきた。

やがて、松前藩の藩士たちは面倒な運上金の徴収を商人に委託するようになり、場所請負商人たちが商場を仕切りはじめた。商人の多くは商売上手な近江商人で、仕切りを任されたのをよいことに、漁場《いさりば》を勝手に開いてはアイヌを安価な報酬で酷使《こくし》し、莫大な利益を貪《むさぼ》っているという。

菱川屋もおおかた、そうした悪徳商人のひとりなのだろう。

ただし、確乎《かっこ》たる証拠《あかし》がないので、すべては想像の域を出ない。幕府は今までに何度か蝦夷地や松前城下に隠密を送りこんできたが、実態は闇に包まれたままだった。

「船と荷を失ったところで、痛くも痒《かゆ》くもない。それがまことだとすれば、裏によほどのからくりがあるとしかおもえませぬ」

伝右衛門の指摘は正しい。まちがいなく、蒸し鮑に毒が仕込まれた一件とも繋《つな》がっていよう。

「じつは、妙なはなしがもうひとつ」

「もったいぶらずに教えてくれ」

「消えた船頭の名は、銀吉でしたな」

「ふむ」

「じつは、銀吉とおぼしき者が生きております」

「えっ」

「しかも、江戸におるやもしれませぬ」

海の藻屑となったはずの船頭が生きているとしたら、不正の実態を解明する重要な手懸かりとなろう。

「おぬしのことだ。所在は調べてあるのだろう」

「ふっ、抜け駆けは遠慮しました。よろしければ、今からでもお連れいたしましょう」

「望むところ」

幸恵の心配顔が脳裏を過った。

だが、家の連中を気に掛けている余裕はない。

「臑斬りの従者どのは、おられぬようですね」

「鯖を食いすぎて腹を壊したようでな」

「ふふ、どうせそんなことだろうとおもいました。されば、今宵はそれがしとふたりでまいりましょう」

急いで向かったさきは霊岸島《れいがんじま》の東南端、堀川を挟んで鉄炮洲《てつぽうず》稲荷のみえる御船手《おふなて》屋敷である。御船手奉行《ぶぎょう》である向井《むかい》将監《しょうげん》のもと、銀吉は名を変えて水夫のひとりになっているらしかった。

「よくみつけたな」

「藩庁日記の出所へ忍びこみました」

「というと、津軽屋敷か」

本所二ツ目《ほんじょふたつめ》の上屋敷内に、藩庁日記を保管しておく書庫がある。夜陰《やいん》に紛れて天井裏から忍びこみ、塵《ちり》を除《よ》けながら一刻《いっとき》（二時間）ほど閲覧《えつらん》したという。

「年ごとにきちんと整理されていたので、件《くだん》の記録はさほど苦も無くみつかり、何者かによって一枚だけが破られていることも判明いたしました。驚くべきことは、それだけではありません」

破られた箇所に小片が挟んであった。

――銀吉↓銀治郎、霊岸島御船手組屋敷内
と、墨文字で綴られてあったという。

「文字の濃さから推せば、まだ新しいものかと」

「ふうむ、つぎの一手はそれであったか」

「ほう、つぎの一手を予見しておられたと仰る」

「われわれを導こうとする者がいるということだ」

「いかにも。何者かに力量を験《ため》されているのかもしれませぬな」

伝右衛門も蔵人介と同じ考えを抱いていたという。

やはり、笹之間で毒を口にしたときから、得体《えたい》の知れぬ相手との関わりは始まっていたのだ。

「動きを読まれているようで、ちと口惜《くちお》しいな」

「されど、真相にたどりつくには、誘いに乗らねばなりますまい」

「よし、まいろう」

御船手屋敷の片隅には、雇われた水夫たちの組屋敷もあった。

入口の番所に向かい、堂々とした態度で尋ねると、宿直《とのい》の番人が「水夫たちは新《しん》川《かわ》沿いの居酒屋へ繰りだしている」と言う。

馴染《なじ》みらしき見世《みせ》の名を教えてもらい、さっそく新川のほうへ足を延ばす。

あたりはとっぷり暮れていたが、霊岸島の新川沿いは江戸でも知られた酒呑みの聖地だけに、赤提灯や青提灯が川の両岸を埋め尽くすほど並んでいた。

番人に教えられた見世は、三ノ橋を渡ったさきにあった。

「『魚富《うおとみ》』、あの見世ですね」

ふたりは月に背を押され、三ノ橋を渡りはじめた。

大川《おおかわ》の河口に近いので、眼下の川は波打っている。

振りむけば、石川島《いしかわじま》のそばに漁り火《いさりび》が揺れていた。

何となく、不吉な予感がする。

「鬼役どの、あれを」

誰かが橋向こうの暗がりに立ち、川に向かって小便を弾いていた。

別の方角から、不可思議な呪文《じゅもん》が聞こえてくる。

「はらひはらひ、ひらひらとはらひ……」

声の主は黒覆面の侍だ。

「……とめどなく落つるは白糸の瀑《たき》」

侍は小便を弾く男の背後に近づき、突如、白刃《はくじん》を抜きはなつ。

「待て」

蔵人介は叫び、裾《まく》を捲って駆けだした。

伝右衛門も駆ける。

だが、白刃は容赦なく闇を裂いた。

斬られた男が両膝を屈するや、凄惨《せいさん》な光景が目に飛びこんでくる。

何と、脳天から臍下《せいか》まで、人の胴体が粗朶《そだ》を裂くように割れたのだ。

黒覆面の侍は跫音《あしおと》だけを残し、すぐさま、薄暗い横道に消えていった。

川縁にたどりついてみると、地べたは血の海になっていた。

どうにか判別できた顔を検分すると、真っ黒に潮焼けしており、目尻に刻まれた深い皺をみれば、船乗りであることは容易に察しがつく。

「銀吉にござりましょう」

伝右衛門の推察に異論はない。

敵は探索の手が及ぶのを察知して先廻りし、秘密を握る元船頭の口を封じたのだ。

「ひと足遅かったか」

「敵を甘くみておりましたな」

うなずきながらも、敵とは誰かと考えた。

怪しいのは菱川屋利平なる近江商人だが、背後に広がる闇は想像以上に深そうだ。

人ひとりが殺害されたにもかかわらず、橋の周辺は嘘のように静まりかえっている。

ふたりは余計なことばも交わさず、三ノ橋の手前で別れると、各々の闇へ溶けこんでいった。

七

二日後、夕刻。

蔵人介のすがたは、本所の横川《よこがわ》に架かる法恩寺《ほうおんじ》橋の手前にあった。着流し姿の卯三郎をともない、門前に「鍾馗流　岩木道場」という看板を掲げた剣術道場へやってきたのだ。

本所といえば、直心影《じきしんかげ》流の総本山である亀沢町《かめざわちょう》の男谷《おだに》道場がよく知られている。岩木《いわき》道場は無名なだけあって、棟割《むねわり》長屋の密集するなかにひっそり佇《たたず》んでいた。

「串部どのが、わざわざ探してこられたとか」

「ふむ。どうやら、ここに犬山軍兵衛が通っておるらしい」

犬山は斬首された内間源六の上役、乾物問屋の淡路屋に百両の借金を申し入れ、御膳所同心に就任する際も尽力《じんりょく》した人物だ。

「されど、何故、道場を訪ねるのですか」

「五年余り前、内間源六はこの道場で犬山軍兵衛と出会った。誰よりも稽古熱心で誠実な人柄を見込まれ、内間家の婿養子にならぬかと誘われたのだ」

串部はわずかな伝手《つて》をたどり、内間源六の来し方《こかた》を調べていくなかで、この道場へ行きついた。

「犬山軍兵衛は内間家の先代に恩があり、内間家をどうしても存続させたいとおもっていた。そこへ、都合よくあらわれたのが鯵沢源六だった」

「鯵沢」

「旧姓だ。出会いから五年もの長きにわたり、ふたりは道場で竹刀《しない》を交えた。師範代と門弟という立場でな。そして、雌伏《しふく》の時を経て、源六はめでたく御役を得た。御膳所同心になったのだ」

串部の調べでは、源六がみずから望んで得た御役であったらしい。諸所に手配りをおこなった犬山は謝礼を受けとったようだが、ふたりは金銭よりも強い結びつきで繋がっていたと考えられなくもない。

「犬山さまに接触すれば、何かわかるやもしれぬということですね。されど、何故、串部どのではなく、それがしをお連れくださったのですか」

「これも修行のひとつ」

「修行ですか」

卯三郎は今ひとつ納得できない。そもそも、納戸《なんど》払方《はらいかた》を務める隣家の部屋住みであった。父の後継となった兄が上役の不正に加担できずに気鬱《きうつ》となったあげく、母を殺《あや》めて自刃《じじん》した。兄の仇《かたき》を討つべく上役の屋敷に乗りこんだ父も返り討ちにされ、家は改易《かいえき》の憂き目となり、不幸のどん底を味わっていたとき、蔵人介に救いの手を差しのべてもらったのだ。

卯三郎は居候《いそうろう》の身でありながら、実子の鐵太郎を差しおいて矢背家の嗣子《しし》となった。鐵太郎とのちがいは、剣術の力量を備えていることだ。斎藤弥九郎《さいとうやくろう》の主宰《しゅさい》する練兵館《れんぺいかん》では師範代を任されるほどの腕を持ち、少々のことではへこたれぬ胆力《たんりょく》も備えている。

鐵太郎は大坂で医者になる道を選び、卯三郎は紛うかたなき鬼役になるべく蔵人介に課された厳しい試練を乗りこえてきた。矢背家を継ぐことへの戸惑いや鐵太郎への遠慮は払拭《ふっしょく》できたはずなのに、時折、割り切れぬおもいがひょっこり顔を出す。

「養父上《ちちうえ》、それがしは何をいたせばよいのでしょう」

「板の間で犬山軍兵衛と対峙《たいじ》せよ」

「えっ」

「不安か」

「……い、いえ。ただ、鍾馗《しょうき》流というものを知りませぬ」

「津軽家の御留流《おとめりゅう》だそうだ」

「ほう、津軽家の」

御留流とは門外不出の流派のことである。

「たしか、内間さまの生国は陸奥でしたな。なるほど、そうした関わりで訪れたのですか」

「それもある」

数ある道場のなかで、何故、内間源六はわざわざこの道場に入門したのか。何故、犬山軍兵衛は幕臣であるにもかかわらず、津軽家の御留流を修《おさ》めたのか。知りたいことはいくつかあった。

「津軽は蝦夷に近い。蝦夷の防備に数百の藩士を送りこんでおるとも聞きます。蝦夷産の俵物を手に入れる機会があるやもしれませぬな」

「疑わしいのは確かだ。されど、そのあたりは串部と伝右衛門に探らせよう。わしもよくは知らぬが、鍾馗流についてひとつだけ言っておく。奥義《おうぎ》の名は『落瀑《らくばく》』というそうだ」

「落瀑、落ちる瀑《たき》にござりますか。たしか、卜傳《ぼくでん》流の奥義にも似たような名が」

ぶつぶつと呪文を唱えつつ、抜いた刀を大上段から電光石火のごとく斬りさげる。

それが「落瀑」の要諦《ようてい》だが、卯三郎は肝心の太刀筋を知らない。

「卜傳流と根っこは同じかもしれぬ。わしは一昨日の晩、落瀑らしき太刀筋をみた。大上段からの一刀両断、人を粗朶のごとく左右に斬りわける非情の剣だ」

「粗朶のごとく左右に……もしや、銀吉なる船頭を斬ったのが犬山さまだと仰るので」

「わからぬ。だが、太刀筋をみたい」

「なるほど、そういうことでしたか」

「竹刀を持って向きあえば、相手の力量や人となりがわかろうというもの。犬山軍兵衛という人物を、そなたの目で見極めてみせよ」

「かしこまりました」

真の鬼役になるということは、暗殺御用を引き継ぐことをも意味する。対峙する相手が成敗すべき悪人なのかどうか、みずからの目と感覚で判断せねばならぬ。頭ではわかっていても、気持ちの整理をつけるのは難しい。当然と言えば当然のはなしだが、卯三郎はまだ人を斬ることに慣れていなかった。

「何も真剣で立ちあうわけではない。それでも不安か」

「いえ」

卯三郎はようやく、自分の役まわりを理解したらしい。

ふたりは並んで門を潜り、道場の敷居をまたいだ。

「頼もう、頼もう」

卯三郎が大声を張りあげると、打ちあい稽古をしていた数人の門弟たちがこちらに顔を向けた。

門弟が走るまでもなく、奥の部屋からがっしりした体軀の四十男があらわれる。

犬山軍兵衛だろう。

「当道場に何かご用か」

誰何《すいか》されて、卯三郎は胸を張った。

「それがし、練兵館の矢背卯三郎と申します。こちらの御師範に一手指南願いたく、罷《まか》りこしました」

丁寧にお辞儀をすると、犬山は蔵人介のほうをみた。

「貴公は」

「後見人にござる。武者修行も兼ねて、府内の主立《おもだ》った道場を訪ね歩いてこいと、館主に厳命されましてな」

「練兵館と申せば、音に聞こえた神道無念流《しんとうむねん》の人気道場。斎藤弥九郎先生ともあろうお方が妙なことを仰る。それに、練兵館はたしか、他流試合を禁じておられたのでは」

「禁じております。それゆえ、内々に申し渡されたのでござる。無論、拒んでいただいてもけっこうだが、そうなれば、岩木道場の方々は臆病者《おくびようもの》の誹《そし》りを免れますまい」

門弟たちが一斉に気色《けしき》ばむ。その様子を背中で感じたのか、犬山らしき男は口をへの字に曲げた。

「よかろう。当道場師範代、犬山軍兵衛がお相手いたす。竹刀による一本勝負でよろしいか」

すかさず、卯三郎が応じた。

「防具は無しでかまいませぬ」

「怪我を負っても知らぬぞ」

「そっくりそのまま、おことばをお返しいたす」

「ふん、おもしろい。その鼻っ柱、へし折って進ぜよう。おい、竹刀を持て」

犬山は門弟に命じ、同じ長さの竹刀を二本持ってこさせた。

二本とも振って撓《しな》りを確かめ、一本を卯三郎に手渡す。

「されば、それがしが行司《ぎようじ》役を」

蔵人介が言いはなつと、犬山は渋い顔でうなずいた。

三人は板の間の中央に進み、犬山と卯三郎は左右に分かれる。

たがいに立礼《りつれい》をし、竹刀を相青眼《あいせいがん》に構えた。

構えをみただけでも、犬山の力量はわかる。

手練《てだれ》だなと推察しつつ、蔵人介は「はじめ」と合図を発した。

「ぬえい……っ」

やにわに、犬山が気合いを放つ。

卯三郎は歩み足で間合いを詰め、大上段の一撃を繰りだした。

面、面、面とつづけざまに振り、凄まじい突進力で追いこむ。

犬山は受けに徹しつつも、ひらりと横に躱《かわ》すや、水平斬りの返しで難を避けた。

両者は離れ、ふたたび、相青眼に構えなおす。

「ほう、あれだけ攻めて、息もあがらぬか。生意気な台詞を吐くだけのことはあるな」

「そちらも、見事な受けでござる」

「久方ぶりに腕が鳴る」

武芸者本然《ほんぜん》の荒々しい血が湧きあがってきたのか、犬山の目つきは鋭さを増した。

まさに、獲物を狙う猛禽《もうきん》のごとくである。

だが、卯三郎も負けてはいない。

練兵館の竹刀稽古は過酷なことで知られている。手加減して軽く打つ略打《りやくだ》を一撃も許さない。

──常のごとく、真を打て。

斎藤弥九郎は渾身《こんしん》の一撃のみを一本とみなし、略打で逃げようとした門弟には素振り一千回の罰を科した。そうした厳しい道場で卯三郎は十人抜きを達成し、斎藤から秦光代《はたみつしろ》の銘刀を与えられている。

練兵館の矜持《きようじ》を背負う者として、負けるわけにはいかない。

「ぬりゃ……っ」

気合一声、横に寝かせた平青眼の構えから突きに出た。

「飛鳥《ひちよう》」という技だ。

ただし、それは巧みな罠《わな》、わざと上段に隙をつくり、相手の上段打ちを誘う。と同時に、相手の竹刀を撥《は》ねあげ、切っ先を頭上に持ちあげるや、左から右に風車のごとくまわし、勢いに乗じて胴を斜めに打ちぬく。

それこそが神道無念流の奥義、「竜尾《りゆうび》返し」にほかならない。

「つおっ」

卯三郎は低い姿勢のまま、打ち間にはいった。

上段に隙《すき》がある。

刹那《せつな》、狙いすましたような一撃が襲ってきた。

予想どおり、大上段からの一刀両断である。

「ふりゃ……っ」

卯三郎は竹刀を跳ねあげ、相手の竹刀を弾こうとした。

——ばちん。

だが、弾くことなどできない。

巌《いわお》のような重みにのし掛かられ、竹刀ごと潰されてしまったのだ。

卯三郎は板の間に蹲《うずくま》り、ぴくりとも動かなくなった。

昏倒《こんとう》してしまったのだろう。

「おぬしなのか」

刮目《かつもく》しながら、蔵人介はつぶやいていた。

犬山軍兵衛の繰りだした一撃は紛れもなく、一昨日の晩にみた「落瀑」の太刀筋にほかならなかった。

八

卯三郎は口惜しさを嚙みしめ、岩木道場を後にした。

怪我は負っておらぬものの、力量の差をみせつけられた。

「ふふ、どうだ。犬山軍兵衛の人となりがわかったか」

蔵人介は、からかうように尋ねる。

わかるはずもないので、卯三郎は仏頂面《ぶっちょうづら》で黙るしかない。

薄暗がりのなか、法恩寺橋のたもとまでやってきた。

すると、川縁から掠《かす》れた声が掛かってくる。

「舟のご用はござんせんか」

船頭だ。

「ちょうどよい」

ふたりは土手を降り、船頭に誘われるがまま小舟に乗った。

「溜池《ためいけ》まで頼む」

行き先を告げると、小舟は静かに滑りだす。

川面に映った月が波紋に揺れ、耳には櫓《ろ》を漕ぐ音しか聞こえてこない。

気まずい沈黙がつづき、横川を下った小舟は北辻橋《きたつじ》のさきで右手に折れる。

竪川《たてかわ》をゆったり進んでいくと、菅笠《すげがさ》を目深《まぶか》にかぶった船頭が後ろから遠慮がちに喋りかけてきた。

「落瀑の味は、いかがにございましたか」

「なにっ」

蔵人介よりも速く、卯三郎が反応する。

身を投げだすように踏みだし、瞬時に刀を抜いた。

船頭は棒立ちになり、舟が左右に大きく揺れる。

「お待ちを。刀をお納めください」

卯三郎は冷静になり、秦光代の銘刀を鞘《さや》に納めた。

船頭はほっと溜息を吐き、ふたたび、櫓を漕ぎすすめる。

小舟は何事もなかったかのように、水脈《みお》を曳《ひ》きはじめた。

櫓の音に紛れて、船頭の低声《こごえ》が聞こえてくる。

「犬山軍兵衛、まことの名は西目主水《にしめもんど》。十年ほど前まで、津軽家において罪人の首切り役を務めておりました。当時は藩内随一の剣客と評されておりましたが、蝦夷勤番《きんばん》として彼の地へおもむき、しばらくのちに出奔《しゅっぽん》、数年後にみつかったときは菱川屋利平の飼い犬になりさがっていた……」

「待て、おぬしは何者だ」

蔵人介の問いに、船頭は声もなく笑う。

「……献残屋にござります」

「柾木屋か」

「柾木は父方の姓で名は源五《げんご》、母方の姓は鰺沢と申します」

「鰺沢……もしや、斬首された内間源六どのと関わりがあるのか」

「源六は実弟にござります」

言われてみれば、面相が似ていなくもなかった。細身だった源六にくらべて、小太りの兄は頰などもふっくらしているので、一見しただけでは血の繫がった兄弟とはわかるまい。

「それがしが蒸し鮑に微量の鳥頭毒を盛るよう、指図いたしました」

「何と、おぬしが」

「けっして公方さまのお命を狙ったのではありませぬ。俵物の抜け荷で私腹を肥やす悪党どもについて、公儀の目を向けさせるためにやった苦肉の策にござります」

「苦肉の策だと」

蔵人介の声は怒気《どき》をふくんでいたが、柾木源五はかまわずに喋りつづける。

「われら兄弟は、崖っぷちに追いつめられておりました。ああするしかなかったのでござる。されど、御目付筋は弟の申しひらきに聞く耳を持たず、弟の死は犬死にも同然でした。どうしたものか途方に暮れていたやさき、鬼役の矢背さまが秘かに動かれているのを知り、駄目元で布石《ふせき》を打たせていただいたのでござります」

「布石とは、藩庁日記のことか」

「いかにも。宮司のもとまでたどりついてほしいと、祈るような気持ちでおりました。矢背さまは、予想を遥かに超えるお方だった。銀吉どころか、西目主水、いえ、犬山軍兵衛のもとまでたどりつかれたのですからな。この際、すべてを打ちあけ、ご助力願おうとおもいました」

助けるかどうかの判断は、はなしを聞いてからでも遅くない。

船頭に化けた柾木源五は、二ツ目之橋《ふたつめのはし》を過ぎたところで舳先《みよし》を岸辺に寄せていった。

ぼそぼそと語りはじめたのは、あまりに数奇《すうき》な来し方にほかならない。

柾木家は代々、津軽家で「早道之者《はやみちのもの》」と称される隠密御用を務めていた。兄弟の父である柾木源内《げんない》も隠密として藩に仕え、大鰐盛之進《おおわにもりのしん》なる重臣《じゅうしん》の命で蝦夷地の探索におもむいていたのだという。

「ところが、六年前、父は弘前《ひろさき》城下で何者かに暗殺されました」

遺族は葬儀も許されず、それどころか、数日ののち、きちんとした理由も告げられぬまま、改易の命を下された。

「母は心労で逝《い》き、われら兄弟は路頭に迷いました」

命を長らえただけでも、幸運だったと言うべきだろう。兄弟は父が命懸けで調べていた内容を探り、とんでもない悪事のからくりを知った。

「父が調べていたのは、菱川屋利平にござります。菱川屋は蝦夷の様似《シヤマンニ》に根を張り、アイヌの人々を騙《だま》して暴利を貪っていた。菱川屋の走狗《そうく》となってアイヌを酷使していたのが、西目主水にござります」

西目は脱藩者でもあり、捕まえて裁きを受けさせねばならぬ相手だった。柾木源内は西目に張りついて菱川屋を調べていくうちに、大掛かりな悪事の実態を摑んだ。

「菱川屋は御用船を難破にみせかけ、ご禁制の俵物を秘かに掠めとっておりました。この六年だけみても、同様の手口で行方知れずとなった怪しい船は六艘におよびます」

菱川屋は掠めとった俵物を清国《しん》へ密輸し、莫大な利益をあげてきた。

「父は確乎たる証拠《あかし》を摑んだに相違ない。おそらく、裏帳簿か何かでござりましょう。それを携えて大鰐盛之進のもとへ報告に参じた。その帰路、落瀑の剣を遣う刺客に斬られたのでござります」

「斬ったのは犬山、いや、西目主水だと申すのか」

「はらひはらひ、ひらひらとはらひ……逃げおおせた小者《こもの》が刺客の唱えた呪文を聞いておりました。矢背さまもお聞きになったのでは」

「聞いた。銀吉を斬った刺客は、その呪文を唱えておった」

「父は粗朶のように胴まで割られておりました。疑いもなく、父を斬った刺客は西目なのでござります」

西目主水は柾木源内を斬ったあと、弘前城下からも蝦夷地からも消えた。一年後にみつけたときは、幕臣になっていたという。

「西目主水は父の仇にほかなりませぬ。捜しだすのに苦労いたしました。役名は目付支配無役世話役。どうやって幕臣になったのかも、どうしてさような地位に就くことができたのかも、よくわかりませぬ」

ただ、西目に近づくことだけを考え、弟の源六を岩木道場へ送りこんだ。

「西目はわれら兄弟の顔を知らなんだゆえ、疑う素振りもみせず、それどころか、源六を身内のように可愛がった」

養子話が持ちあがったときのために、持参金にする二百両も金貸しから高利で借りていた。

「運よく内間家の婿養子に迎えていただいたのも、西目の伝手《つて》があったからにござる。さりとて、われら兄弟の恨みは消えるどころか、日毎《ひごと》に深まるばかりでござりました」

父の無念を晴らしたい。その一念しかなかったが、西目主水をすぐに討たなかったのは、落瀑の剣を恐れたからではない。隠密の血を引く者として、菱川屋利平の悪事を暴きたかった。さらには、柾木家が改易になった理由を探るうちに、父に密命を下していた重臣の大鰐盛之進にも疑惑の目を向けていった。

「大鰐は菱川屋と裏で通じていたに相違ない。それゆえ、父の調べた内容は闇に葬られたのだと考え、双方の動きをそれとなく探っていたところ、ようやくにして動かぬ証拠を握ることができました。大鰐も菱川屋も、今は江戸におります。ふたりが密会しているのを、この目で確かめたのでござります」

しかも、西目主水が橋渡し役をしていた。

「大鰐盛之進に菱川屋利平、そして西目主水。まちがいなく、この三人が父の仇にございます」

ところが、いざ、仇を討たんと勇んだのもつかのま、敵に勘づかれてしまった。

「きっかけは、銀吉でした」

源五は銀吉のことを捜しあて、金子《きんす》をちらつかせながら、御用船を難破にみせかけた六年前の真相を喋《しゃべ》らせた。ところが、銀吉は源五に喋ったことを菱川屋に告げ、金をせびったのである。そのせいで、のちに命を縮めることになるのだが、一方で源五や源六が敵に素姓を探られるきっかけとなった。

「今日明日にでも、われら兄弟の素姓は暴かれ、この世から消される。事態が切迫するなか、苦肉の策を講じるしかなかったのでござります」

「苦肉の策と言いながら、最初から上様に毒を盛る肚《はら》づもりだったのであろうが。さもなければ、弟は御膳所同心の役目など望まぬはず」

「御膳所同心になった理由は、矢背蔵人介さまとお近づきになりたかったから。と、申しあげても、信じていただけますまいな」

源六の漏らした台詞が耳に甦ってくる。

――このようなかたちで矢背さまにお目に掛かりたくはなかった。

蔵人介が眉間に皺を寄せると、弟を死に追いやった兄は神妙な顔で語りはじめた。

「じつは、幼い頃のはなしにござります。父が『公儀の役人は腑抜《ふぬ》けばかりで信用ならぬが、千代田のお城には真《まこと》の武士《もののふ》と呼ぶべきお方がおられる。それは鬼役の矢背信頼さまじゃ』と、めずらしく酒に酔った勢いで申したことがありました」

唐突に先代の名が出たので、蔵人介は頬を強《こわ》ばらせた。

「詳しくは存じあげませぬ。何でも、お役目のことでご助力いただいたのだとか。『最後に頼るべきお方は、矢背信頼さましかおらぬ』という父のことばが、ずっと耳から離れませんでした」

兄弟で江戸へ出てきてからは、商売をはじめて地歩《ちほ》を固めるとともに、矢背家のことをそれとなく調べた。先代の信頼はずいぶん以前に亡くなっていたが、後を継いだ蔵人介が笹之間に欠かせぬ毒味役であることや、幕臣随一の剣客であることを噂に聞いたという。

「今からちょうど一年前になります。よく晴れた朝、兄弟で桜田御門のそばまでおもむき、矢背さまが出仕なさるおすがたを拝見いたしました。遠目ではござりましたが、凜々《りり》しいおすがたに惚《ほ》れ惚《ぼ》れと見入ってしまい、ことばを失ったのをおぼえております。あのお方なら、きっとわれら兄弟を助けてくれるにちがいない。案ずるなと、父が空から囁いたように感じました。爾来《じらい》、どうにかしてお近づきになりたいと、日々、そればかりを願いつづけ……」

やがて、弟の源六は念願叶って御膳所同心の役に就き、蔵人介と挨拶を交わすこともできた。ところが、皮肉にも敵の魔の手は迫っており、蔵人介に事情をはなす機会も得られぬまま、神仏にも縋《すが》るようなおもいで蒸し鮑に毒を盛るしかなかったのだという。

「……矢背さまなら、毒を見分けていただけるものと信じておりました。そこからさきは父のことばを信じ、賭けに出るしかなかった。されど、源六も申しておりました。いざとなれば、矢背蔵人介さまに縋るしかない。矢背さまなら、きっと助けていただける。たとい、われら兄弟がこの世から消えても、悪事不正を見逃すようなお方ではない」

「見当違《けんとう》いも甚《はなは》だしいな。わしは一介の毒味役、おぬしがおもっておるような者ではない」

「風の噂に、聞いたことがござります。千代田のお城には、奸臣《かんしん》どもを成敗する闇の御役目があると。もしや、矢背さまこそがその担い手なのではあるまいか。いや、きっとそうにちがいないと、本日、それがしは確信申しあげたのでござります。何《なに》卒《とぞ》、お力をお貸し願えませぬか。それがしは西目主水にたいし、尋常な勝負を申し出る所存でおります。万が一のときは、骨を拾っていただけませぬか。生き残った悪党どもを、正義の剣で裁いていただきたいのでござります」

「できぬ相談だな」

蔵人介は、きっぱり言いはなつ。

かたわらの卯三郎が、驚いたようにこちらをみた。

「おぬしは私怨を晴らすため、上様の御膳に毒を盛った。いかなる事情があろうとも、許し難き罪を犯したと言わねばならぬ。しかも、おぬしは血の繋がった弟を死に追いやった。浅はかな策を講じ、犬死にも同然に死なせたのだ」

「浅はかな策ではござらぬ。ここにいたるまで、六年かかりました」

献残屋を商って貯えた金銭をすべて投じ、諸所に手配りをおこなったうえで、漏れのないように準備を整えてきたのだという。

「死など恐れておりませぬ。われら兄弟は六年前に命を捨てたのでござります。信じていただけぬというのであれば、今ここで腹掻っ捌いてみせまする」

源五は舟底に隠してあった脇差を取り、本身《ほんみ》を抜きはなった。

「されば、ご覧《ろう》じあれ」

柄《つか》を逆手に持ちかえ、切っ先を腹にあてがう。

刹那、蔵人介が「鳴狐《なきぎつね》」を抜いた。

――ひゅん。

片膝を折敷《おりし》き、目にも留まらぬ速さで突きを繰りだす。

――きいん。

源五は脇差を弾かれ、舟底に尻餅をついた。

蔵人介は本身を鞘に納め、一喝《いっかつ》してみせる。

「莫迦者《ばかもの》。死ねば、弟が浮かばれまい。遺された妻子のことを、おぬしは考えておるのか。乾物問屋の後妻におさまったとしても、万智どのの悲しみは消えぬ。源太郎は見事な太刀筋をしておったぞ。父にきちんと教わらねば、ああはならぬ。おぬしの弟は家族を持ち、必死に生きようとしていた。それがわからぬおぬしではあるまい」

「……わ、わかっております。されど、われら兄弟にほかの道はなかった。こうするしかなかったのでござる……うう、くそっ」

源五は必死に嗚咽《おえつ》を怺《こら》え、拳骨でみずからの頭を撲《なぐ》りつづける。

みていられなくなったのか、卯三郎が身を寄せて腕を搦《から》めとった。

「養父上《ちちうえ》、失礼ながら、このお方の力量では西目主水を討つことは叶いませぬ。ご自身でもわかっておるがゆえに、養父上に助っ人を願いでられたのです。ここにいたるまでには、ことばには尽くせぬほどのご苦労があったに相違ない。義をみてせざるは勇なきなりという教えもございます。養父上、どうか助っ人を。わたくしからも、お願い申しあげまする」

涙目で訴える卯三郎を、蔵人介は三白眼《さんぱくがん》に睨みつける。

否とも諾《だく》とも言わぬ、殺気をふくんだ眼差しであった。

源五のほうが耐えかね、卯三郎の手をゆっくり振りほどく。

「ご子息どの、かたじけのうござった。されど、初めて会った相手を信用しろというほうがおかしい。冷静になって考えれば、わかることにござる」

なかばあきらめたようにこぼし、源五は櫓《ろ》を握った。

もちろん、卯三郎の言うことをわからぬ蔵人介ではない。

先代からの因縁話を聞けば、願いを叶えてやりたい気持ちにもなる。

だが、情に絆《ほだ》されて死地《しち》に踏みこめば、かならずや、痛い目をみることになるであろう。そんな予感がはたらいていた。

船頭は巧みに櫓をさばき、小舟を自在に操りはじめる。

月は群雲《むらくも》に隠れ、水先案内の役目を果たすものはない。

一ツ目之橋《ひとつめのはし》を過ぎれば、すぐさま、大川の濁流に解きはなたれる。

朽《く》ち葉《ば》と化した小舟は、右に左に揺れながら内海の波間を漂うしかなかろう。

ただし、信用のできる船頭さえいれば、小舟は目途までたどりつくことができる。

「おぬしの腕次第だな」

船尾に座る柾木源五に顔を向け、蔵人介は聞こえぬほどの低声でつぶやいた。

九

柾木源五には「悪事の裏付けが取れるまで自重《じちょう》せよ」と告げ、蔵人介たちは菱川屋の動きを探った。

三日後、十四日。

江戸市中は紅葉の盛りである。

品川《しながわ》の海晏寺《かいあんじ》には紅葉《もみじ》狩りの客が押しよせ、千貫《せんがん》や蛇腹《じゃばら》などの愛称で呼ばれる古木の周囲には人集《だか》りができた。なかには幔幕《まんまく》を張って酒杯をあげる一団も見受けられ、座の中心には蝦蟇《がま》並みに肥えた菱川屋利平のすがたもあった。

「あれなどは、かの北条時頼《ほうじょうときより》公の手で植えられた古木にござりますぞ」

疳《かん》高い声で喋る利平のはなしにうなずくのは、浅黄《あさぎ》色の着物を纏った津軽家の藩士たちだ。下駄のような四角い顔の大柄な人物が、同家留守《るす》居役に内定している大鰐盛之進であった。

もはや、蜜月の関わりを隠そうともしない。串部と伝右衛門の調べにより、悪徳商人と津軽家重臣の腐れ縁は根深いものだとわかった。

「ここから蝦夷は遠すぎます。それゆえか、御用船のからくりが露見することなどあり得ぬと、高《たか》をくくっておるのやもしれませぬ」

串部は斬殺された銀吉の周囲を探り、難破船に乗っていた水夫をひとりみつけた。その水夫は魚河岸の辺りで荷役《にやく》をやっていたが、銀吉が口封じされたのを知って脅えきっており、小金を握らせたうえで命を助けてやると言ったら、悪事のからくりをすべて喋った。

難破船にみせかけた北前船は津軽領内の十三湊《とさみなと》へ寄港し、ほとぼりが冷めた頃に外洋へ漕ぎだし、沖合の海上で清国の戎克《ジャンク》と落ちあっていた。「瀬取《せど》り」という手法で俵物を売りつけるのだが、銀の代わりに高麗《こうらい》人参などの高価な薬種や玳瑁《たいまい》などの嗜好品《しこうひん》で対価を払わせることもあったらしい。

つまり、その水夫は難破を装った「幽霊船」に何度か乗りこみ、都度《つど》、菱川屋から法外な報酬を受けとっていた。水夫はいつも不足しがちなので、銀吉のことがあるまで命を奪われる心配はしていなかったらしい。

脅える元水夫から聞いたはなしは、銀吉が柾木源五に告げたのと同じ内容だった。

「柾木源五は弟を使って、天下の将軍さまに毒を盛らせました。許すべからざる罪人にまちがいありませぬが、少なくとも、殿に嘘は吐いておりませぬ」

串部の口調は少し不満げで、どうして助けてやらぬのかと、暗に訴えかけてくる。

「ご存じのように、公人朝夕人は菱川屋から裏帳簿も入手いたしました」

俵物の抜け荷で得た利益が克明に記された帳簿である。それだけではない。別の帳簿には、賄賂《まいない》を贈った相手と金額、受け渡しの日付と場所まで、事細かに記されてあった。

「あそこにふんぞり返っておる大鰐には、年に五百両もの賄賂が渡っております」

津軽家のみならず、松前《まつまえ》家や南部《なんぶ》家の重臣から木っ端《こっぱ》役人まで、菱川屋が賄賂を贈っているさきは多岐にわたっていた。いずれにしろ、悪事の裏付けとなる証拠が出揃った以上、大鰐と菱川屋には罪の重さを教えてやらねばならぬ。

だが、蔵人介は慎重な姿勢をくずさない。

理由は、入手した裏帳簿に「犬山軍兵衛」以外の幕臣がひとりも載せられていなかったからだ。

「妙だとはおもわぬか。これだけ大掛かりな悪事を、津軽家の重臣と悪徳商人と幕府の木っ端役人だけで画策《かくさく》できるとはおもえぬ」

「たしかに」

御用船を六年で六艘も失っているのに公儀が黙《だんま》りを決めこむのは、やはり、どう考えてもおかしかった。北前船が御用船に徴用される基準は厳しい。商人の格や実績のみでは判断されず、裏で大金を動かさねば御墨《おすみ》付きは得られぬはずだ。

「菱川屋から犬山のもとには、年に三百両もの賄賂が渡っておる。そのうちの大半は、犬山を介して別の幕臣に渡っているのかもしれぬ」

「菱川屋から巨額の賄賂を引きだし、甘い汁を吸いつづけている幕府の重臣がいる、殿はさようにお考えなのですな」

「ふむ」

黒幕はきっといる。さもなければ、これほどの悪事が繰りかえされるはずはない。

柾木源五も黒幕のことは疑ったにちがいないが、あまりに闇が深すぎて探りあぐねているのだろう。

酒宴を張る連中を眺めわたしても、幕臣らしき侍のすがたは見当たらない。さすがの伝右衛門も、菱川屋と繋がっていそうな幕臣をみつけられずにいた。黒幕の正体がはっきりするまで、安易に動いてはならぬ。みずからに言い聞かせる蔵人介のもとへ、卯三郎から由々《ゆゆ》しき報せがもたらされた。
――暮れ六つ　亀戸天神裏の竹林にて仇討ち
走り書きの紙片を携えてきたのは、下男の吾助である。
健脚《けんきゃく》自慢の吾助が息を切らしているところからしても、よほど切羽《せっぱ》詰まってい
たのだろう。
「四半刻《しはんとき》（約三十分）ほどまえ、件の献残屋が明樽《あきだる》拾いの小僧を使わし、報せを受
けとった卯三郎さまは押っ取り刀《おっとりがたな》で助っ人に向かわれました」
「柾木源五め、早まったな」
仇は西目主水だ。
日没までは半刻《はんとき》（約一時間）足らず、とうてい間に合いそうにないが、蔵人介た
ちは走りだした。
潮の流れに逆らって舟で遡《さかのぼ》るよりも、途中までは自分の足で駆けたほうが早い。

舟便が使える新橋《しんばし》まで一里余りの道程を、三人は必死の形相《ぎょうそう》で駆けぬけた。

ひと足さきに着いた吾助が土手で小舟を摑まえ、蔵人介と串部を誘うや、小舟は疾風《はやて》となって滑りだす。

三十間堀《さんじっけんぼり》から八丁堀《はっちょうぼり》へ、稲荷《いなり》橋のさきから左手の越前堀《えちぜんぼり》へと漕ぎすすみ、霊岸島の脇を擦り抜けて箱崎《はこざき》へ、さらに、大川を斜めに横切って対岸の小名木川《おなぎがわ》へ進入する。そして、万年《まんねん》橋を潜って新高《しんたか》橋まで東進し、猿江《さるえ》橋から左手に折れて大横川《おおよこがわ》を遡り、南辻《みなみつじ》橋を潜って竪川まで突きすすむ。

さらに、そこから右手に折れて竪川を漕ぎすすみ、四ツ目之橋を過ぎたさきで左手に折れる。そして、南北に走る十間川《じっけんがわ》を一気に遡れば、天神《てんじん》橋を過ぎたさきの右手に亀戸《かめいど》天神がみえてくるはずだった。

行く先を頭で反芻《はんすう》しただけでも、気が遠くなってくる。

大川を突っ切って小名木川を滑り、さらに、竪川を東進するころには日没となった。

川面が一瞬にして燃えあがる。

暮れ六つの鐘を聞きながら、十間川を遡っていくあいだに、あたりは薄暗くなってしまう。

天神橋のさきで陸《おか》へあがったときは、泣きたい気持ちになっていた。

柾木源五のみならず、助っ人におもむいた卯三郎の身も案じられる。

亀戸天神は紅葉の名所だが、もちろん、気を向けている余裕はない。

薄暗がりのなか、神社の裏手へ走ると、なるほど、竹林があった。

「吾助、龕灯《がんどう》は持ってきたか」

「はっ」

吾助は龕灯を点《つ》け、竹林の入口らしきさきを照らす。

三人は裾をからげ、暗い奥へと踏みこんでいった。

「卯三郎、卯三郎は何処《どこ》だ」

生き残ったのが西目ならば、警戒しなければならない。

だが、叫ばずにはいられなかった。

「卯三郎さま、卯三郎さま」

串部と吾助も、別の方角に向かって叫ぶ。

「殿、こちらへ」

走る串部の背中を、蔵人介は必死に追いかけた。

濃密な竹林が途切れ、平らな草叢《くさむら》へ行きつく。

「うっ」

血腥《ちなまぐさ》い臭いがした。

吾助が龕灯を照らす。

馬頭《ばとう》観音が浮かびあがった。

「あっ、卯三郎さま」

卯三郎が柾木源五とおぼしき者に肩を貸し、馬頭観音の背後から足を引きずりながら歩いてくる。

蔵人介たちは駆け寄った。

「生きておったか、卯三郎」

「……ち、養父上《ちちうえ》」

「怪我は」

「それがしは平気です。柾木さまが腕を断たれました」

柾木は左腕を失い、瀕死《ひんし》の重傷を負っていた。

「血止めはいたしましたが、そこまでしか」

「ふむ。吾助、手当てを」

「はっ」

下手な町医者よりも、吾助は刀傷の治療に長《た》けている。

無理して運ぶよりも、この場で治療したほうが生きのびる公算は大きいと、蔵人介は判断した。

「首尾《しゅび》は」

肝心なことを尋ねると、卯三郎はしっかりうなずいてみせる。

「見事に、ご本懐《ほんかい》を遂げられました」

「そうか」

卯三郎が到着したとき、すでに、斬り合いは始まっていた。

まさしく、落瀑の剣が浴びせられる寸前であったという。

背に夕陽を負った柾木は、横三寸の動きで脳天への一刀を外し、わざと左腕を斬らせると同時に、片手持ちの一刀で相手の左胸を突いた。

西目は怯《ひる》んだものの、刺突《しとつ》の切っ先は心ノ臓《しんのぞう》を外れていたため、刀を振りあげてとどめを刺そうとした。そこへ、抜刀した卯三郎が躍りこみ、一合交《いちごうまじ》えて相手の刀を弾いた勢いのまま、袈裟懸けに斬りさげたのである。

繰りだした技は「竜尾返し」にほかならない。

西目は深傷《ふかで》を負っていたがために、必殺の一撃を避けられなかった。

「ようやった、卯三郎」

「はっ」

「義をみてせざるは勇なきなり。孔子《こうし》のことばを、おぬしは実践した。義とは死すべきときに死に、討つべきときに討つことを言う。こたびの助太刀は見事であったぞ」

卯三郎は褒められて顔を赤らめたが、眼差しのさきには苦しむ柾木源五のすがたがあった。

「……や、矢背さま」

「おう、気がついたか」

「……か、かたじけのう存じまする」

「柾木どの、お気を確かに。死んではならぬ。おぬしにはまだ、やらねばならぬことがあるのだ」

「……は、はい」

無理に微笑み、柾木はふたたび気を失う。

「今宵が峠にござります。生きるか死ぬかは運次第」

冷たいようだが、吾助のことばに嘘はない。

運が良ければ、柾木は生きのびるであろう。

この期《ご》に及んで、尻込みをするわけにはいかぬ。

津軽家重臣の大鰐盛之進と菱川屋利平は、この手で成敗せねばなるまい。

黒幕の正体が判明しようとしまいと、死地へ突きすすむしかなかろう。

敢《あ》えて口には出さずとも、蔵人介の決意はみなに伝わっていた。

十

翌日、千代田城に出仕して昼餉の毒味を済ませたころ、小納戸頭取の今泉益勝が笹之間へやってきた。

「おぬし、何かやったのか」

唐突に詰問《きつもん》されて面食らっていると、目付部屋への呼びだしだという。

目付の名は倉林陣太夫《くらばやしじんだゆう》、次期長崎奉行と噂される切れ者である。

「はて、いっこうにおぼえがござりませぬが」

目付から呼びだしが掛かるだけでも一大事なので、上役の今泉としては気が気でない。

「ともあれ、伺候《しこう》いたしましょう」

蔵人介は悠然《ゆうぜん》と応じ、部屋をあとにする。

媚茶《こびちゃ》の熨斗目《のしめ》に滅紫《けしむらさき》の肩衣半袴《かたぎぬはんばかま》、凛とした風情の鬼役が向かうさきは、紅葉之間と檜《ひのき》之間に挟まれた目付部屋であった。

中奥《なかおく》と表向《おもてむき》との境目にあたる土圭《とけい》之間には、顔見知りの土圭坊主が座っている。居眠りばかりしている坊主からは誰何《すいか》もされずに通りすぎ、番医師の控える桔《き》梗《きょう》之間や焼火《たきび》之間の脇廊下を進む。

右手の広々とした芙蓉《ふよう》之間は奏者番《そうしゃばん》や三奉行などの控え部屋だが、閑寂《かんじゃく》としていて人気《ひとけ》もなかった。廊下を渡る重臣の人影もなければ、お城坊主すらも見当たらず、表玄関の喧噪《けんそう》も聞こえてこない。いつものことだ。昼餉前の城内は何処も、昼寝でもしているように静まりかえっている。

蔵人介は目付部屋に近づき、磨きこまれた廊下に片膝をついた。

「御膳奉行、矢背蔵人介。罷《まか》りこしましてござりまする」

襖越しに発すると、威厳のある声が聞こえてきた。

「はいれ」

襖を開け、中腰で部屋にはいる。

下座に進んで作法どおりに膝をたたみ、畳に両手をついた。

「矢背蔵人介か、面《おもて》をあげい」

顔をゆっくり持ちあげると、上座に眉の太い倉林陣太夫が座っている。

そして、かたわらには、蜥蜴目《とかげめ》の配下が控えていた。

ちらりと目をくれると、倉林が口をひらく。

「そやつは越智三五郎《おちさんごろう》、吟味方《ぎんみかた》の与力じゃ。今朝方、目付支配無役世話役、犬山軍兵衛の遺体《むくろ》がみつかった。本所法恩寺橋そばの岩木道場から訴えがあってな、遺体は門前に放置されておったらしい」

倉林につづきを促され、越智が掠れ声で喋りだす。

「ご遺体には刀傷が二箇所ござりました。左胸への刺突《しとつ》と、致命傷となった袈裟懸《けさが》けの一刀にござります。傷痕から察するに、別々の刃物傷かと。つまり、犬山さまはふたりの相手に斬られたものと、ご推察《すいさつ》申しあげます」

無役世話役とはいえ、犬山軍兵衛こと西目主水は目付の配下である。配下を亡き者にされて、幕臣を取り締まる役目の目付が黙っているわけにはいかない。倉林と越智の眸子《まなこ》が怒りに燃えているのは、面目《めんもく》を潰されたと感じているからだろう。

「わしは犬山某《なにがし》を知らぬ。聞くところによれば、紛うかたなき手練《てだれ》であったとか」

倉林のはなしを聞きながら、蔵人介は遺体を亀戸天神裏の竹林から岩木道場の門前まで運んだ者の正体を探っていた。

仇討ちの一部始終を木陰から眺めていた者でもあったのだろうか。

だとすれば、目付部屋に呼ばれた理由もおのずとわかってくる。

「おぬし、養子がおるそうだな。名は何と申す」

「はっ、卯三郎にござります」

「何でも、練兵館の師範代を任されておるとか。越智が岩木道場の門弟から妙なはなしを仕入れてまいった。今日より四日前、矢背卯三郎と申す者が道場にあらわれ、犬山軍兵衛と一手交えたというではないか。しかも、上段の一撃を喰らって昏倒し、すごすごと去っていったとか。板の間で敗れた恨みを晴らすべく、犬山を果たし合いの場に呼びつけたのやもしれぬ……げほっ、ぐえほっ」

倉林は喉にからんだ痰《たん》を口に溜《た》め、手元に引きよせた痰壺に吐いた。そして、また喋りだす。

「……しかも、岩木道場へやってきた矢背卯三郎には、おぬしに人相風体《にんそうふうてい》のよく似た後見人が従《つ》いておったらしい。矢背蔵人介、おぬしの評は耳にしておるぞ。幕臣随一の剣客らしいな。さしもの犬山軍兵衛も、おぬしら父子を相手にすれば、かなわなんだであろうよ」

長いはなしに終止符を打つべく、倉林は手にした扇子をひらいて揺らす。

痰壺の隣には丸い火鉢が置いてあり、切れ者と評判の男は鼻の頭に汗を掻いていた。

ひとつだけわかったのは、遺体を運んだ者は何ひとつ余計なことを喋っておらず、倉林たちは遺体が竹林から運ばれた経緯すら知らないということだ。

越智は眉根も動かさず、こちらをじっとみつめている。

異様な殺気を放っていた。

抗《あらが》えば斬る気でいるのだろうか。

「殿中《でんちゅう》じゃ。刀は抜かぬ。矢背よ、申しひらきがあるなら、言うてみよ」

「はっ、それでは」

蔵人介は倉林に一礼し、落ちついた口調で語りはじめた。

「ご指摘のごとく、四日前、それがしは卯三郎を連れて岩木道場へまいりました。何故かと申せば、犬山どのからお誘いがあったからにござります。門弟たちにも内密にしていることだが、腕試しをしたいのでお越し願いたいと使いの者を寄こし、日時も指定なされました」

「知りあいだったのか」

「いいえ」

「ならば、何故、見も知らぬ相手の誘いに乗ったのじゃ」

「じつは、ある人物から犬山どのの名を耳にしていたからにござります」

「ある人物とは」

「上様の御膳に毒を盛った科《とが》で罰せられた内間源六にござります」

「おう、あの男か」

倉林はうっかり口を滑らせ、越智の顔をみる。

勘が当たった。ふたりは内間の調べに立ちあっている。

内間から毒を盛った理由も聞いたはずだし、どすぐろい悪事のからくりも、犬山が悪事に加担していることも、はなしの大筋は耳にしたにちがいない。

耳にしたあと、どう動いたのか。

今も潜行して探索をつづけているのかどうか。

蔵人介の知りたいのは、そのことであった。

倉林は小首をかしげ、探るようにみつめてくる。

「内間がおぬしに何を喋ったのだ」

「『犬山軍兵衛さまには大変世話になったので、犬山さまから何か申し出があった際には理由を聞かずに受けてほしい』と、従前《じゅうぜん》から頼まれておりました。ところが、予想だにもせぬ出来事によって、内間源六は斬首となった。それゆえ、犬山どのから『内間の弔《とむら》いもかねて申し合いを』と頼まれたとき、無下《むげ》にお断りすることができなかったのでござります」

「おぬし自身は、立ちあわなかったではないか」

「修行も兼ねて、まずは卯三郎に一手指南していただき、しかるのちに、それがしが立ちあうつもりでおりました。されど、犬山どのがあまりにお強く、卯三郎を介抱せねばならぬようになったものですから、早々にお暇《いとま》申しあげました。御配下を大事になさる倉林さまなれば、おわかりいただけるものかと。それがしも武士の端くれゆえ、亡くなった御膳所同心の願いを無にしたくなかったのでござります」

「ふうむ、さようであったか」

一応は筋が通っているので、倉林も二の句が継げなくなる。

越智が口を挟んだ。

「矢背さま、おことばではござりますが、内間源六は罪人にござります。罪人のことばを鵜呑《うの》みにされたのは、いかがなものでございましょう」

「いかがとは」

「あまりに、お考えが足りぬのではないかと」

蔵人介は、ぎろりと目を剝いた。

「わしは内間源六の仕込んだ毒を啖《くろ》うた。毒を啖うても、かの者との約定《やくじょう》は果たさねばならぬとおもうた。それを考えが足りぬと申すなら、わしを犬山軍兵衛殺しの下手人にでも何でも仕立てるがよい」

烈火のごとき迫力に気圧《けお》され、越智はぐうの音も出なくなる。

倉林も固唾《かたず》を呑んでいたが、どうにか威厳を取りもどした。

「控えよ、矢背蔵人介。事情はあいわかった。疑って申し訳なかったな」

素直に頭をさげるところをみると、根っからの悪人ではなさそうだ。

蔵人介は顎を引き、朗々と声を響かせた。

「されば、こちらからもひとつお伺いしたきことが」

「……な、何じゃ」

「内間源六は毒を盛った理由を喋りませなんだか。お調べの際に喋ったのならば、その中身をお教え願いたい」

「何故、一介の鬼役なんぞに教えねばならぬ」

「鬼役ゆえにでござる。毒を啖うた者として、知っておかねばならぬこと。はなしの内容を知ったからといって、どうこういたすわけではござらぬ」

「黙れ。鬼役ごときに喋るはなしではないわ」

「されば、何もかもすべて、倉林さまにお任せしてよろしいのでござりますな」

「何じゃと。わしに何をせよと申すのじゃ。内間の一件は落着しておる。あやつは乱心《らんしん》しておった。乱心者の喋った中身など、信じるに足りぬ。ただでさえ忙しい目付が動くようなはなしではないわ」

　上役から圧力を掛けられたのか、みずからの判断で落着させたかったのか、いずれにしろ、倉林に動く気はさらさらないようだ。目付衆のなかでもましなほうの倉林が動かぬならば、おそらく、誰も動かぬだろう。

　蝦夷の御用船絡《がら》みで、とんでもない不正がおこなわれている。内間の証言により、そうした疑いが浮上したにもかかわらず、大目付もふくめて幕閣の重臣が誰ひとり動かぬとすれば、公儀はまったく用をなさない。

「もうよい、さがれ」

　仕舞いにはうるさがり、倉林はたたんだ扇子の先端を横に振った。

蔵人介は背筋を伸ばして立ちあがり、きゅっとからだの向きを変える。

越智が慌《あわ》てて、襖を開けた。

蔵人介は頭の位置を変えずに進み、振りかえって一礼すると、廊下に衣擦《きぬず》れの音を残して遠ざかっていった。

十一

犬山軍兵衛こと西目主水の遺体を運んだのは誰なのか。

もし、闇に潜む敵がいるのだとすれば、はからずも、仇討ちによって尻尾《しっぽ》をみせたことになる。目付筋にも知られてはならぬ秘密を抱える者で、しかも、目付の倉林陣太夫に圧力を掛けられる地位にある者となれば、おのずと対象になる人物は絞りこまれてこよう。

ただし、今のところ、その正体を知る者はいない。菱川屋利平ならば知っているかもしれぬが、帳簿にも名を載せぬほどだから、あくまでも西目主水を介してのみ繋がっていたのであろう。

それだけ慎重な相手ではあるものの、連絡役《つなぎ》の西目を失い、新たな方策を講じねばならなくなった。今まで通りに甘い汁を吸いつづけるためには、菱川屋利平と直に繋がる必要にも迫られようし、御用船を難破にみせかける巧みな方法で俵物を掠《かす》めとる菱川屋と大鰐盛之進を守ってやらねばならぬとも考えるはずだ。

わざと恨みを買うように仕掛ければ、闇の底から鎌首《かまくび》を擡《もた》げてくるやもしれぬ。

さほど難しい仕掛けではない。大鰐盛之進と菱川屋をこの世から葬ってやればよいだけのはなしだ。

ふたりを成敗すれば、黒幕も動かざるを得なくなるだろう。

「妙案にござります」

串部も納得したようにうなずき、格言めいた台詞を口にする。

「身を晒して、敵を誘う。孫子《そんし》の兵法にもありそうな手ですな」

「孫子など学んだこともないくせに、適当なことを抜かすな」

「てへへ、ばれましたか」

首を竦《すく》める従者は田安稲荷を訪ねた日から、験《げん》を担いで無精髭《ぶしょうひげ》を伸ばしている。

「まるで、山賊《やまがつ》の風情《ふぜい》だな」

「大奥さまと奥さまには、早う剃れと叱られました」

「今どき髭は流行《はや》らぬ。生《は》やしておるのは、人生を棒に振った痩せ浪人ばかりだ」

「瘦せ浪人、髭剃る気力も失えり。まこと、嫌な世の中でござります」

金も気力も失った浪人が市中に溢《あふ》れるかとおもえば、一方では、蔵から溢れるほどの金を儲けて、我が世の春を謳歌《おうか》している悪党もいる。

菱川屋利平は蝦夷地でアイヌの人々を騙し、搾取《さくしゅ》することで成りあがってきた。悪事を悪事ともおもっておらず、金儲けのためならば、人ひとりの命など、どうでもよいにちがいない。人としても、商人としても、許すわけにはいかなかった。

もちろん、菱川屋と結んで私腹《しふく》を肥やす大鰐盛之進も生かしてはおけぬ。斬首された内間源六と片腕を失った柾木源五にとっては、憎んでも憎みきれぬ父の仇であった。犬山軍兵衛こと西目主水を差しむけたのは大鰐にまちがいなく、兄弟の執念を実らせてやるためにも、地獄をみせてやらねばなるまい。

「卯三郎どのは、柾木源五の枕元から離れぬようですな」

「柾木源五はわしではなく、卯三郎に言伝《ことづて》を残したかったのだ。助っ人を欲したのではなく、若い卯三郎に自分の死に様《しざま》をみせたかったのであろう。誰にも知られずに死んでしまえば、弟の死も無駄になる。同じ死ぬにしても、犬死にだけは避けたかったにちがいない」

「たいした覚悟ですな」

卯三郎にも、柾木源五の壮絶《そうぜつ》な覚悟は伝わっていた。それだけの覚悟をしめした紛うかたなき侍を死なせたくはない。それゆえ、片時も枕元から離れず、寝ずに看病をつづけているのだろう。

あたりは、とっぷり暮れていた。

串部は闇に目を凝《こ》らす。

「公人朝夕人は遅うござりますな」

「伝右衛門はもう来ておる。闇に潜んで息を殺し、首尾を見届けるつもりだ」

「あやつめ、何故に」

「わからぬのか。おのれとは別の気配が潜んでおらぬかどうか、それを見極めんがためさ」

蔵人介と串部は物陰から離れ、楼閣《ろうかく》風の建物に向かって歩きはじめた。

空を見上げれば、彷徨《さまよ》いながら昇る月が煌々《こうこう》と輝いている。

――りっ、りっ、りっ。

背後から、綴れ刺せ蟋蟀の鳴き声が聞こえてきた。

本物かどうかは、この際、どうでもよいことだ。

獲物は二階座敷を貸切にし、辰巳《たつみ》芸者を呼んでどんちゃん騒ぎに興《きょう》じている。

ここは深川永代寺《ふかがわえいたいじ》門前の外れ、すぐ後ろには二の鳥居が聳《そび》え、少し歩けば三十三間堂《さんじゅうさんげんどう》へ行きつく。金持ち相手の茶屋は存外に物淋しい繁華街の外れにあり、そのことが狩りをする者にとっては好都合におもわれた。

何日も菱川屋を張りこみつづけた串部は、この日を待ち望んでいたのである。

「大鰐のもとには用人《ようにん》がふたり、菱川屋には用心棒が三人おります。五人の雑魚《ざこ》どもはそれがしにお任せを」

「ふむ」

「ご用心なされ。大鰐は菊池槍《きくちやり》を遣いますぞ」

「わかっておる」

「菱川屋もああみえて、用心深い男でござる。飛び道具を懐中に忍ばせておるやもしれぬゆえ、そちらもお気をつけくだされ」

まるで、口うるさい古女房のようだ。

蔵人介は返事もせず、茶屋の入口に向かった。

串部は脇から追いこし、まずさきに敷居をまたぐ。

「酔っ払い見参《げんざん》、おい、酒をくれ」

酔ったふりは堂《どう》に入《い》っている。

手代《てだい》らしき男が二階へあがり、風体の怪しい浪人どもを連れてきた。

立派な無精髭を生やした三人が雁首《がんくび》を揃える。

「何じゃ、おぬしは」

誰何されても、串部は返事をしない。

「酒だ、一升徳利で持ってこい」

浪人ふたりが近づき、両脇から腕を取ろうとする。

串部は腕を振りほどき、小銭を廊下にばらまいた。

「おぬし、わしらを虚仮《こけ》にする気か」

ひとりが抜刀するやいなや、串部の峰打ちを喰らった。

ほかの連中には、串部が前のめりに転んだようにしかみえない。

串部は上がり端に座り、愛刀の同田貫《どうたぬき》を鞘ごと抜いた。

抜いた拍子に柄頭《つかがしら》が鳩尾《みぞおち》に埋まり、ふたり目の浪人が倒れこむ。

「どうした、大事ないか」

串部は介抱するふりをして立ちあがり、堅い頭で三人目の顎を砕いた。

見世の連中も把握できぬなか、気づいてみれば、浪人どもは白目を剝いている。

「何の騒ぎじゃ」

今度は月代侍《さかやきざむらい》たちが、どたどたと階段をおりてきた。

「ん、おぬしら」

土間に伸びた用心棒と串部を見比べ、ふたりの用人はぱっと左右に分かれる。

「怪しいやつめ」

ひとりが抜刀し、青眼《せいがん》の構えで迫ると、串部は身を翻《ひるがえ》らせた。

「逃げるが勝ち」

裾をからげて外へ飛びだすと、用人たちも追いかけてくる。

串部のつくった間隙《かんげき》を利用し、蔵人介は悠々と敷居をまたいだ。

影のように土間を進み、履物《はきもの》を脱がずに廊下へあがるや、跫音《あしおと》も起《た》てずに大階段をのぼっていく。

見世の連中は口をぽかんと開け、蔵人介の背中を見送った。

階段をのぼりきると、幇間《ほうかん》や芸者たちが不安げな目を向けてくる。

「さあ、おぬしらは下へおりろ」

有無を言わせぬ気迫を察し、賑《にぎ》やかしの連中はわれさきに大階段をおりていった。

広々とした座敷の上座には、四角い顔の大鰐が でんと腰をおろし、蝦蟇《がま》並みに肥えた菱川屋がかたわらに座っている。

ふたりのあいだでは、着飾った白塗りの芸者がひとり震えていた。

「ちっ、逃げおくれたか」

蔵人介は舌打ちし、おもむろに懐中へ手を突っこむ。

何をするかとおもえば、武悪《ぶあく》と呼ばれる狂言《きょうげん》面を取りだし、顔に付けた。

「……な、何者じゃ」

大鰐が怒声《どせい》を張りあげたので、蔵人介は毅然《きぜん》とこたえる。

「閻魔《えんま》の化身《けしん》にござ候《そうろう》」

眦《まなじり》の垂れた大きな眸子に食いしばった口、魁偉《かいい》にして滑稽味《こっけいみ》のある武悪《ぶあく》面の面《つら》構《がま》えは、閻魔顔を象《かたど》ったものともいわれている。

「閻魔じゃと。戯《ざ》れておるのか」

「仰せのとおり。ひと差し、舞って進ぜよう」

蔵人介はつつっと畳を滑り、獲物に近づきながら舞いはじめる。

雅楽《ががく》の音色が聞こえてくるかのような、優雅な振り付けであった。

「ええい、止《や》めぬか」

大鰐はがばっと立ちあがり、床の間に立てた菊池槍に手を伸ばす。

菊池槍は鍔《つば》のある片刃の直槍《すやり》で、短いだけあって扱いやすい。

菱川屋利平も慌てず、手元に寄せた塗りの箱から短筒《たんづつ》を取りだす。

「刺客め、死ぬがよい」

菱川屋は叫び、慣れた仕種で短筒を構えた。

――ぱん。

乾いた筒音とともに、鉛弾《なまりだま》が飛んでくる。

咄嗟《とっさ》に顔をかたむけるや、武悪面が後ろに弾かれた。

「二連発だ。つぎは外さぬ」

刹那《せつな》、蔵人介は畳を蹴った。

天井すれすれまで跳躍し、中空で抜刀する。

――ひゅん。

狐が鳴いた。

「ぎゃ……っ」

閃光《せんこう》が走りぬけ、短筒を握った手がぼそりと畳に落ちる。

肥えた商人は、肘の斬り口から大量の血を噴出させた。

「ぬわああ」

絶叫しながら畳を転がり、一面を真っ赤に染めていく。

「ぬおっ」

真横から、槍の穂先が突きだされてきた。

「死ね」

大鰐の四角い顔が迫る。

蔵人介は少しも狼狽《うろた》えず、菊池槍のけら首《くび》を断ちきった。

「くっ」

大鰐は槍を捨て、震える芸者の髪を鷲摑《わしづか》みにする。

力任せに引きよせ、脇差を白い首筋にあてがった。

「寄るな。刀を捨てねば、女の命はないぞ」

蔵人介は表情も変えず、愛刀の鳴狐を抛《ほう》る。

「ぬはは、口ほどにもないやつめ」

大鰐は芸者を蹴飛ばし、からだごと突進してきた。

脇差を逆手《さかて》に持ちかえ、喉を狙って突いてくる。

蔵人介は一寸の間合いで見切り、ふっと沈みこんだ。

勢い余った相手の腕を搦《から》めとり、背負い投げの要領で畳に投げつける。

——どしゃっ。

仰向《あおむ》けになった大鰐の右腕を股に挟んで十字にきめ、ごきっと肘の関節を外してやった。

「ふぇぇぇ」

痛みに耐えかねた相手の口に、奪いとった脇差の柄頭を埋めこむ。

——ずかっ。

前歯がすべて折れ、大鰐は血を吐きだす。

蔵人介は静かに問うた。

「柾木源内をおぼえておるか」

大鰐は目を裂けんばかりに瞠《みは》った。

「命を下したおぬしに裏切られ、さぞや口惜しかったであろうよ」

「……ば、待《ば》ってぐれ」

「何を待つ。地獄の劫火《ごうか》に焼かれるがよい。ふん」

横にかたむけた脇差の先端が、肋骨の狭間に吸いこまれる。

大鰐の破れた心ノ臓から、どす黒い血がほとばしった。

血を出しきった悪徳商人も、惚《ほう》けた顔で死んでいる。

気を失った芸者を小脇に抱え、蔵人介は大階段の手前まで戻った。

階段の下には、奉公人たちが集まっている。

「おなごを介抱してやれ」

蔵人介はぐったりした芸者をその場に残し、くるっと踵を返す。そして、開いた窓から抜けだして軒を伝い、ふわりと地に舞いおりた。

十二

伝右衛門は暗闇に潜む者の気配を捉《とら》えたが、もう一歩のところで取り逃がしてしまった。優れた忍びかもしれぬと聞けば、新たな脅威を呼びこんだことに溜息を吐かざるを得ない。

「殿、それは相手にとっても同じことかもしれませぬよ」

蔵人介こそが脅威なのだと、串部は笑う。

ともあれ、菱川屋利平から金が渡っていた幕閣《ばっかく》の重臣を捜しあてることだ。

このたびの一件は、まだ何ひとつ解決していない。

小春日和《こはるびより》の午後、蔵人介は卯三郎を連れて薬研堀《やげんぼり》の一角までやってきた。

呂庵《ろあん》という呑んだくれの町医者が看立所《みたてじょ》をやっており、都合よく軒下が空いたので、只《ただ》同然で借りることにしたのだ。呂庵は蔵人介とも親しい薫徳《くんとく》という検毒師《けんどくし》の呑み仲間で、串部が恋い焦《こ》がれているおふくの営む一膳飯屋の常連でもある。

「看立所を手伝ってくれれば、店賃《たなちん》は安くしてやる」

と、呂庵はぶっきらぼうな口調で約束してくれた。

転居をすすめた相手は、内間源六の妻子にほかならない。

卯三郎が「無事に引っ越しが済んだかどうか、自分の目で確かめたい」と言うので、蔵人介もつきあって足労《そくろう》したのだ。

ここに漕ぎつけるまで、紆余曲折《うよきょくせつ》があった。まず、万智は後妻を望む淡路屋の申し出を断り、百両の借金を背負って生きることに決めた。その噂を風の便りに聞いた蔵人介が一計《いっけい》を案じ、串部を目付筋の使いとして淡路屋へ向かわせた。

淡路屋は堅実《けんじつ》な商売人だが、それは表向きのはなしで、裏にまわれば高利貸しでぼろ儲けをしている。高利貸しは罪なので、表沙汰にして牢屋へ入れるぞと脅し、内間源六に貸した百両を帳消しにしろと迫ったところ、淡路屋は渋々ながらもうなずき、串部の目の前で百両の貸付証文《しょうもん》を破いてみせた。

淡路屋との繋がりが切れたと知り、万智は狐につままれたような顔をした。

さらに、藁店より格段に住み心地のよい引越先を紹介され、畳に額を擦りつけんばかりに恐縮してみせた。

「何故、そこまでよくしていただけるのでしょうか」

万智に問われて、蔵人介は「亡くなったご主人のご人徳《じんとく》だ」と応じた。

もちろん、新たにはじまる日々の暮らしの面倒までみてやる義理はない。

万智は呂庵の看立所を手伝いながら、裁縫などの内職で食いつなぎ、行く行くは得意な書の力量を生かして書道指南の看板を掲げたいと、夢らしきことまで語った。

夢さえあれば、人は生きていける。

何よりも、忘れ形見の源太郎を立派な侍に育てあげることが、万智の抱く夢なのであろう。だが、順風満帆《まんぱん》な船出ができたとしても、世の中の荒波に揉まれるであろうことは想像に難《かた》くない。

歩みだすふたりには、心の支えが必要だった。

この日、蔵人介は新たな出会いを目論《もくろ》んでいた。

看立所の表門を潜ると、串部や薫徳が転居の手伝いをしているところだった。

「おう、やっておるな」

源太郎がすぐに蔵人介をみつけ、母の手を引いて駆け寄ってくる。

万智は肩から白い襷《たすき》を外し、後《おく》れ髪の乱れを気にしながら深々とお辞儀をした。

「矢背さまには、何から何までお世話になりました」

「気にすることはない。それより、万智どのに会わせたい者がおる」

「えっ」

「あれに」

振りむいた眼差しのさきに、蒼白《あおじろ》い顔の男が立っていた。

吾助に右腕を支えてもらい、ゆっくり歩いてくる。

万智は目を丸くした。

「……も、もしや」

亡くなった夫の幽霊とみまちがえたのだ。

痩せてほっそりした源五の顔は、弟の源六とうりふたつだった。

万智は必死に首を横に振る。

そんなはずはないと、みずからに言い聞かせた。

源五は吾助から離れて近づき、ぎこちなくお辞儀をする。

「万智さま、ご無沙汰しておりました。献残屋の柾木屋でござります」

「……ま、柾木屋のご主人さま。いったい、腕をどうなされたのですか」

源五はふっと笑い、声に力を込めた。

「腕のことをおはなしするとしたら、一日や二日ではとうてい足りませせぬ、それでも、お聞きになりたいと仰るなら、おはなしするのも吝《やぶさ》かではございませぬが」

「是非、お聞かせください。最初から、すべてを」

涙目で訴える母のことを、息子の源太郎は不思議そうに見上げている。

源五の顔を目にした瞬間から、嬉しさを持てあましているようにもみえた。

大好きな父が戻ってきたと勘違いしたのかもしれない。

蔵人介は眸子を細め、誰にも気づかれぬように踵を返す。

頰を撫でる冷たい風がそれとなく、粕漬けの匂いを運んできた。

商売繁盛を祈念する夷講《えびすこう》にちなんで、江戸市中のいたるところで恒例のべったら市《いち》が催されている。なかでも賑やかなのは牢屋敷を越えたさきの大伝馬町《おおてんまちよう》界隈《かいわい》で、薬研堀からでもさほど遠くはない。

大伝馬町まで足を延ばせば、美味いべったら漬けが安く手にはいるであろう。

蔵人介は呂庵の看立所から離れ、散策がてらのんびりと歩きはじめた。

今日は格別に気分がよい。

「……はらひはらひ、ひらひらとはらひ」

はっとして目を向ければ、竈祓《かまどはら》いの巫女《みこ》が商家の門前で呪文を唱えている。

何も気にすることはない。呪文を唱えて人を斬る津軽の刺客は死んだのだ。みずからに言い聞かせているうちに、大伝馬町のべったら市へたどりつく。蔵人介は大根の漬け物を物色《ぶっしょく》しながら、志乃と幸恵も誘えばよかったなと後悔していた。

おしどり

一

烏頭《うず》毒を喰《くら》った禍事《まがごと》の顚末《てんまつ》は、おもいがけず、津軽家の重臣と蝦夷地で暴利を貪る近江商人の悪事を炙りだすこととなった。されども、黒幕とおぼしき幕閣《ばっかく》重臣の正体はいまだ判然とせず、暦《こよみ》が替わっても霧に包まれた道を歩いているような感覚を拭いきれない。

鬱々《うつうつ》としてばかりもいられぬので、霜月朔日《しもつきついたち》は志乃や幸恵を連れて浅草猿若町《あさくささるわかまち》の芝居小屋へおもむき、男振りのよさで人気を博す八代目市川團十郎《いちかわだんじゅうろう》の顔見世興行に酔い痴《し》れた。

本日三日は子《ね》の日、随所で大黒天《だいこくてん》を祭るねずみ祭りが催される。

待乳山聖天社《まっちやましょうでんしゃ》門前の沿道などに二股《ふたまた》大根がずらりと並ぶ様子は滑稽だったが、子孫繁栄をもたらす縁起物《えんぎもの》ゆえか、侍も町人も競うように「福来《ふくらい》」と呼ぶ二股大根を買いもとめた。

蔵人介も毎年のことなので、浅草まで足労《そくろう》して「福来」を何本か買い、従者の串部に担がせて帰路は夕河岸《ゆうがし》にでも立ち寄ろうと、日本橋《にほんばし》の魚河岸へやってきた。

「殿、今宵は大根鍋にしようと、大奥さまは仰いました」

昆布出汁《だし》の汁に輪切りの大根を入れてことこと煮込み、柚子《ゆず》をちょいと垂らし、仕上げに削り節を散らして薄口醤油でいただけば、なるほど、それはそれで馳走《ちそう》にはなるであろう。

「されど、冬の鍋と申せば、やはり、河豚《ふぐ》か鮟鱇《あんこう》か軍鶏《しゃも》でござる」

「魚河岸に軍鶏はないぞ。それに、所帯持ちは河豚など食わぬし、吊るし切りにする鮟鱇は怪力自慢のおぬしでも重すぎて運べまい」

「されば、鮪《しび》にいたしますか。葱鮪《ねぎま》鍋というのも存外に美味うござります」

「食い意地の張ったやつだな」

武家の嫌う鮪ならば夕河岸でも余っていそうだが、蔵人介の狙いは別にある。

「甘鯛《あまだい》さ」

「ほう、甘鯛なんぞ残っておりましょうか」

「あるのさ」

形のよい魚を朝出せば、御膳所の納屋《なや》役人にごっそり横取りされてしまう。それゆえ、近頃は釣った魚を隠し生《い》け簀《す》に泳がしておき、夕河岸のほうへこっそり出すこともあるらしい。

「しかも、朝より安く手にはいる。腕の確かな包丁方《ほうちようかた》に聞いたはなしゆえ、嘘ではあるまい」

「さすが、殿にござる」

刺身にしてもよいし、焼いても煮てもよい。甘鯛さえあれば、鍋の具は大根だけで充分だ。

喜色《きしよく》満面の串部をともない、堀江町《ほりえちよう》の堀留から堀川沿いを進んでいった。

親父《おやじ》橋を過ぎたあたりまで行けば、夕河岸の賑わいが直に伝わってくる。

軒先へ迫《せ》りだすように並べられた台の中身は旬《しゆん》の魚、江戸前はもちろん、房総《ぼうそう》沖や三浦《みうら》半島沖や伊豆《いず》方面で釣られた魚まであり、天秤棒をぶらさげた棒手振《ぼてふり》たちが鵜《う》の目鷹《めたか》の目《め》で物色していた。

「安いよ、安いよ」

赤褌《あかふんどし》に腹掛け姿の売り手は濁声《だみごえ》を絞りだし、丁々発止《ちょうちょうはっし》、買い手との交渉を繰りひろげている。

売り手は「請下《うけした》」と呼ばれるとおり、問屋《といや》商人に雇われた仲買人にほかならず、問屋が樽や箱で仕入れた魚を小分けにして売る。日本橋の魚河岸を拠点にする問屋は百二十軒を超え、仲買人は五百人を超えているそうだが、夕河岸に店を出す仲買人の数は朝にくらべれば一割にも満たない。

それでも、隠し生け簀の噂が広まっているのか、なかなかの賑わいであった。

仕入れに奔走《ほんそう》する棒手振のほかに、夕餉の主菜にしようと足を運んだ客のすがたも目立つ。二本差しの侍も気儘《きまま》な風情で歩いており、売り手は金のありそうな連中を呼びとめては巧みに魚を売りこんだ。

「面白うございますな」

串部も夕河岸の賑わいに魅了されたようであったが、しばらくすると笑顔が消えた。

手鉤《てかぎ》を握った強面《こわもて》の一団が往来にあらわれ、台の魚を勝手に物色しはじめたのだ。

「納屋役人どもだ」

蔵人介は吐きすてる。

形のよい魚が出まわるという噂を聞きのがさず、元四日市町《もとよっかいちちょう》の活鯛《いきだい》屋敷から押っ取り刀で飛んできたのだろう。

「御用、御用」

と叫んでは、めぼしい魚を只同然で奪っていく。

串部は眦を吊りあげた。

「いったい、何様のつもりでしょうな」

公儀の権威を後ろ盾にして傍若無人《ぼうじゃくぶじん》な振る舞いを繰りかえし、平気な顔で魚河岸を荒しまわる。早朝に仕入れた魚は御膳所にまわされ、その日一番のものは将軍の御前に供されるものの、ほとんどは登城する諸役人の弁当用として売られる。只同然で仕入れた魚が弁当のおかずに化け、御膳所の小役人や納屋役人どもが小遣い稼ぎをするという仕組みだった。

ただし、夕河岸で仕入れた魚については、このかぎりではない。用途もはっきりしないので、ただの嫌がらせにも映った。

仲買の連中は裏のからくりを知っているので、納屋役人を蛇蠍《だかつ》のごとく嫌っている。御膳奉行の蔵人介も、魚河岸の連中にとっては同じ穴の狢《むじな》にしかみえないのかもしれない。

「殿、どうなされます」

事を荒立てる気はないが、小言のひとつも言ってやろうか。

歩みを止めずに近づくと、看過《かんか》できぬ光景が目に飛びこんできた。

浪人風体の老侍が納屋役人を相手取り、一歩も退かぬ態度をみせている。

「この鯛を渡すわけにはまいらぬ」

老侍は堂々と発し、立派な甘鯛の尾を掴んで持ちあげた。

いかにも硬骨漢《こうこつかん》といった風貌を面白がり、通行人たちが足を止める。

散っていた納屋役人が十人ほど集まり、老侍を取りかこんだ。

揉め事の周囲には、野次馬の人垣が築かれていく。

「がんばれ、ご隠居」

なかには無遠慮な声援を送る者まであり、舞台のかぶりつきから芝居を観ているかのようだった。

老侍は朗々と名乗りあげる。

「それがしは俵田三左衛門《たわらださんざえもん》、十二年前までは上総《かずさ》国久留里《くるり》藩の藩士であった。事情あって野《や》に下り、今は浪人暮らしをしておるが、侍を捨てたわけではない。いずれにしろ、この甘鯛はわしがさきに買ったもの。それをあとから来て横取りしようとするのは愚の骨頂《こっちょう》じゃ。たとい、千代田のお城におわす公方さまのご意向だとしても、折れるわけにはいかぬ」

折れたら武士の名が廃《すた》るとでも言いたげに、俵田三左衛門は團十郎張りの睨みを利《き》かせる。

「ほう」

蔵人介はおもわず感嘆した。

納屋役人たちも衆目《しゅうもく》の手前、すごすご引きさがるわけにはいかない。

まとめ役らしき巨漢が、ずいと前へ踏みだした。

「われら納屋役人は公儀そのもの、舐めてもらっては困る」

「舐めてはおらぬ。わしはきちんと金を払った。ゆえに、この鯛はわしのものだ。おぬしらに文句を言われる筋合いはないし、おぬしらの指図にしたがう道理もない」

「問答無用、鯛を渡すべし」

「渡さぬと言ったら」

「許すべからず」

腕ずくでも奪う気構えをみせ、巨漢は身を沈める。

「わしは雄藩お抱えの元力士ゆえ、ぶちかましを一発喰らえば、からだじゅうの骨が軋《きし》むであろう。うぬがごとき老《お》い耄《ぼ》れは、二度と立ちあがれぬようになるやもしれぬ。それでも、鯛を渡さぬのか」

「下郎《げろう》の脅しに屈するほど落ちぶれてはおらぬ。よかろう、猪のごとく突進してこい」

「ぬおっ」

巨漢は土を蹴り、頭から突っこんでいく。

――どしゃっ。

大音響とともに、土埃《つちぼこり》が濛々《もうもう》と舞いあがった。

一瞬の出来事ゆえ、野次馬どもには何が勃《お》こったのかわからない。

気づいてみれば、沿道の端で巨漢が仰向けに伸びていた。

「お見事」

かぶりつきで眺めていた蔵人介と串部にはわかっている。

激突の直前、俵田はわずかに身を避《よ》け、巨漢に当《あ》て身《み》を喰らわせた。と同時に、前のめりになった相手の足を引っかけてやると、巨漢は気を失ったままでんぐり返り、道端に投げだされたのである。

「こやつめ、公儀に逆らったな」

残りの納屋役人たちは色めきたち、手鉤《てかぎ》を掲げて襲いかかろうとする。

「あいや、待て」

串部は我慢ならず、双方のあいだに割ってはいった。

蔵人介もあとにつづき、俵田を庇《かば》うように納屋役人どもと対峙する。

「邪魔だていたすな」

ひとりが吠えると、ほかの連中も殺気を放った。

「たわけ」

蔵人介は一喝《いっかつ》し、納屋役人どもを睥睨《へいげい》する。

脇へ踏みだした串部が、太い声を張りあげた。

「こちらにおわすお方を、どなたと心得る。本丸御膳奉行の矢背蔵人介さまなるぞ。頭《ず》が高い。納屋役人の分際《ぶんざい》で、将軍家お毒味役と同じ土俵で向きあうつもりか」

ひとりが膝を折ると、全員が膝を折った。

だが、誰ひとり頭《こうべ》を垂れようとせず、眸子《まなこ》を怒らせる。

ひとりが抗うような口調で喋った。

「矢背蔵人介さまと仰れば、音に聞こえた幕臣随一の剣客。道理をわきまえたお方と伺っておりまする。ご覧のとおり、かの浪人者は納屋役人の命を拒み、公儀の面目を潰しました。それ相応の処罰を受けて当然かと考えまするが、いかがにござりましょう」

「いかがも糸瓜《へちま》もない。おぬしらのやっていることは恫喝《どうかつ》だ。そこいらへんの小悪党と何ら変わらぬ」

態度の大きな連中が、一斉に立ちあがろうとする。

ただ、相手が旗本だけに刃向かうわけにもいかない。

先頭の男が唾を飛ばした。

「矢背さま、御膳所の仲間を愚弄《ぐろう》なさるのか。魚を安く仕入れねば、お城にご出仕なさる方々のお腹を満たすことも叶いませぬ。われら納屋役人が手を抜けば、お困りになるのはお城の方々だ。それを小悪党呼ばわりなさるのはあまりに無遠慮、心《しん》外《がい》にござる」

「文句があるなら、御小納戸頭取《おこなんどとうどり》にでも訴えればよかろう。ともあれ、この場はわしが預かる。そこで伸びておるでかぶつを連れて去るがよい」

納屋役人どもは怒りに震えつつも、昏倒した仲間を戸板に乗せ、そそくさと河岸から離れていった。

揉め事を期待した野次馬は散り、鯛をぶらさげた俵田だけがぽつねんと佇《たたず》んでいる。

「矢背どの。いや、おかげさまで助かり申した」

ぺこりと頭をさげ、噛みしめるように事情を告げた。

「妻の十三回忌ゆえ、何年かぶりで鯛を買いました。清水《きよみず》の舞台から飛びおりる心持ちで手に入れた鯛だけに、どうしても手放したくなかったのでござる」

「よくわかります。貴殿のなされたことは正しい」

「正しいものを正しいと言えぬようなら、侍なぞ止めたほうがよい。さような息苦しい世の中になってほしくないという願いもあり、つい無理をしてしまい、矢背どのには多大なご迷惑をお掛け申した」

「迷惑などと、とんでもない。あやつらは御膳所の恥、襟を正して改めていくべきもののひとつにござります。同じ御膳所に身を置く者として、あたりまえのことに気づかさせていただきました」

「見上げたお考えじゃ。そう仰ってもらえると、少しは生きる勇気も湧いてくるというもの。しからば、いずれまた改めて」

俵田は一礼し、同じ歩幅で遠ざかっていく。

「お武家さま、形のよい甘鯛がございますよ」

一部始終を眺めていた仲買から陽気な声が掛かる。

「よし、みせてくれ」

蔵人介は弾むような口調で応じ、台のほうへ身を乗りだした。

二

二日後、蔵人介は小納戸頭取の今泉益勝《いまいずみますかつ》により、側衆《そばしゅう》詰所脇の「穿鑿《せんさく》部屋」へ参じるように命じられた。

側衆は四人おり、表向《おもてむき》の御用部屋で執務をとる老中と中奥《なかおく》の御座之間《ござのま》におわす公方との取次をおこなう。以前は気が向かねば公方に会わせぬこともあり、たいへんな権力を握っていたが、水野忠邦が老中首座《ろうじゅうしゅざ》になってからは目見得《めみえ》を拒むほどの力はない。

ただし、小姓や小納戸などの人選に深く関わっているので、中奥勤めの役人たちからは煙たがられていた。

なかでも、側衆の筆頭である御側御用取次《おそばごようとりつぎ》の宇郷対馬守雅之《うごうつしまのかみまさゆき》は、怒らせたら何をしでかすかわからぬ「癇癪玉《かんしやくだま》」の異名《いみよう》で呼ばれている。大番頭《おおばんがしら》から職禄五千石《ごく》に出世した大身《たいしん》旗本でもあり、万石大名を相手取っても引けを取らぬほどの尊大さをもって、表向と中奥の境目に鎮座《ちんざ》していた。

一介の鬼役からみれば、雲の上の住人にまちがいない。

笹之間と廊下ひとつ隔てただけの近さにありながら、もっとも遠いと感じていたのが側衆詰所である。しかも、上の連中が「穿鑿部屋」と呼ぶ折檻《せっかん》部屋に鬼役が単独で呼びつけられる事態など勃《お》こりようもないのに、どうしたわけか、蔵人介はたったひとりで訪ねるようにと命じられていた。

命じた張本人の今泉は関わりを避けるように、何をしでかしたのか詰問《きつもん》することもなければ、目さえ合わせようとしなかった。それひとつ取ってみても事の深刻さを物語っていたが、納屋役人と揉めた出来事以外におもいあたる節《ふし》はない。

「それなのか」

まさか、御側御用取次が取りあげるにしては瑣末《さまつ》すぎる。

刻限どおりに伺い、廊下の隅にかしこまった。

すぐそばに、何者かが蹲《うずくま》っている。

「ん」

気配を上手に殺しているので、蔵人介でも気づかなかったのだ。

「闇丸《やみまる》か」

「はい」

宇郷子飼いの忍びにはちがいないのだが、得体の知れぬ男だ。

「脇差をお預かりいたしまする」

「ほう、ずいぶん警戒しておるな」

「鬼役さまにかぎりませぬ。どうか、ご容赦を」

薄闇から、すっと両手が伸びてきた。

脇差を鞘ごと抜き、言われたとおりに預ける。

「鬼役か、はいれ」

気配を察したのか、襖の向こうから声が掛かった。

「はっ」

蔵人介は返事をし、襖を開けて八畳間に身を入れた。

袴の裾で滑るように進み、下座で作法どおりに平伏《ひれふ》す。

「御膳奉行、矢背蔵人介。ご命じにより罷《まか》りこしましてござりまする」

「面《おもて》をあげよ」

「はは」

顔を持ちあげると、庇《ひさし》のような眉をそびやかした宇郷が脇息《きょうそく》から身を乗りだす。

何度か廊下で見掛けたことはあったが、正面からじっくり眺めるのは初めてだ。

齢は還暦に近いものの、弱々しい印象はなく、荒馬に乗って戦場を駆けめぐる古武士のごとき風貌である。

なるほど、この顔で癇癪玉を落とされたら生きた心地がせぬかもしれぬ。

「おぬしの評判は聞いた。毒を啖《くろ》うても平気な男らしいな。しかも、田宮流抜刀術の達人であるとか。ふふ、さればよ、『鉾露離剣《ほうろりけん》』なるものを存じておるか」

「耳にしたことはござります」

「ほっ、さようか。言うてみい」

「香取神道流《かとりしんとう》の裏奥義かと」

「奥義に裏があるのか」

「ござります。刀にかぎらず、槍や薙刀《なぎなた》の奥義とも考えられます」

稲穂の先端に留まる露《つゆ》は、結ばれる瞬間も落ちる瞬間も見定めることが難しい。

されど、真剣勝負において必殺の瞬間を見逃せば、即刻、死を招くしかない。

「それが鉾露離剣の要諦《ようてい》かと」

「勝負にのぞむ覚悟のはなしじゃな。太刀筋はわからぬのか」

「電光石火のごとき刺突であろうと、伝聞ならば耳にしたことはござります。ただし、この目でみたことはござりませぬ」

「なるほど、刺突か」

宇郷は満足げにうなずき、脇息にもたれた。

「じつは、上様に問われたのじゃ。房州《ぼうしゅう》に鉾露離剣なるものがある。それはいかなるものかとな。誰に尋《たず》ねてもわからず、剣術指南役の柳生《やぎゅう》さまもご存じない。どうしたものかと考えあぐねていたやさき、納屋役人と揉めた鬼役のはなしを耳に挟んでな、駄目元で聞いてみようとおもうたのじゃ」

「畏れながら、そのためにお呼びになったので」

「ふっふ、腹を切らされるとでもおもうたか。わしはそれほど心の狭い男ではないぞ。されど、何故、納屋役人をないがしろにしたのじゃ。おぬしは御膳奉行であろうが」

悪習を是正《ぜせい》する好機にもおもわれたが、告げ口のようなまねは性《しょう》に合わない。

口を噤《つぐ》んでいると、宇郷は勝手に喋りつづける。

「余計なことは口にせぬか。ふふ、なかなかの硬骨漢よ。おぬしが助けた相手は、久留里藩の元藩士であったとか」

「そこまでご存じであられましたか」

「興味の湧くはなしは、根掘り葉掘り聞かねば気が済まぬ質《たち》でな」

納屋役人との揉め事の、いったい何処に興味が湧くというのであろうか。

「久留里藩三万石を治めるのは、黒田豊前守直侯《くろだぶぜんのかみなおよし》さまじゃ。御年二十二、お若くして奏者番におなりになったが、このところは失態つづきでな」

奏者番は、叙任《じよにん》や参勤や就封《しゆうほう》などで大名や旗本が公方に拝謁《はいえつ》する際、大広間などにおいて大名らの姓名や官位を大声で披露しなければならない。当然のごとく、事前に拝謁する相手の名を諳《そら》んじておかねばならぬが、緊張の余りに失念することも少なからずあった。

「越前《えちぜん》国永平寺《えいへいじ》の高僧が拝謁した際のこと、豊前守さまは名を失念したらしく、咄嗟に僧衣が赤いのをみて『越前の赤坊主にござります』と発し、あろうことか、照れ隠しに舌をぺろりとお出しになった」

噂には聞いている。不敬として三日間の御前差控《さしひかえ》を命じられたが、出仕を許されてほどなくして、またもや、若い奏者番は坊主で失笑を買った。

「天徳寺《てんとくじ》の僧が拝謁した際、お焦りになったせいか『天天天天徳寺』と漏らしてしまわれたのじゃ。豊前守に随行《ずいこう》した貝須賀《かいすが》某《なにがし》とか申す臣下《しんか》に頼まれてな、わしがあとで取りなしてやったのじゃが、上様は呆《あき》れたように笑っておられたわ。年も若いし、役に就いてまだ浅い。しかも、直侯公は黒田家の血筋ではなく、出羽庄内《でわしょうない》藩を治める酒井《さかい》家からの御養子でな、譜代《ふだい》でも格式の高い酒井家の血筋だけに無下にはあつかえぬというわけさ」

何故に久留里藩の殿さまについて、くどくどはなしを聞かねばならぬのか、蔵人介は首をかしげた。

「おぬしに説くまでもないが、奏者番は『君辺《くんぺん》第一之職』と言われるとおり、武家の諸礼式を掌《つかさど》る。奏者番のなかで優れた御方は寺社奉行を兼ねられ、大坂城代から京都所司代を経て御老中に昇進する。幕政の頂点に立つための登竜門《とうりゅうもん》とされておるだけに、直侯公にはしっかりしてもらわねばならぬ」

何とも応じようがない。

「奏者番はまた、幕府の密命にも深く関わらねばならぬ」

宇郷はそう言い、眸子を光らせた。

蔵人介は「密命」と聞いた途端、ぐっと拳に力を入れる。

もしかしたら、呼ばれた理由はそこにあるのではないかと勘ぐった。

「奏者番になられた際には、血判を捺《お》した起請文《きしょうもん》を提出いただかねばならぬ」

説かれるまでもなく、蔵人介は知っている。文中の禁令には『御隠密之儀、同役之外者親類兄弟を始、一切他言仕間敷候』とあり、禁令を破ったら御役御免《おやくごめん》だけでは済まされない。

「逆《さか》しまに、起請文を出されたことが契機となり、がらりと人が変わってしまうお方もおわす。坊主の名をまちがえる程度のことなら、まだ可愛いはなしじゃが、密命を外に漏らしたり、密議に関わっておるのを鼻に掛けて居丈高《いたけだか》に構えたり、そうしたことが目に余るようなら、すみやかに芙蓉之間からご退出願わねばならぬ」

宇郷のことばを聞きながら、徐々に鼓動が高まってくるのを感じた。

もしかしたら、鬼役に課された裏の役目を知っているのではあるまいか。知らぬにしても、疑っているのではないのか、そんな気がしてならない。

「おぬし、亡くなった橘右近と浅からぬ関わりがあったらしいな」

おもったとおりだ。

宇郷はそのことを問うために呼びつけたにちがいない。

「噂によれば、橘は上様の御墨付きを得たと称し、隠密裡《り》に幕臣や陪臣《またもの》に裁きを下しておったとか。されど、あやつは一年余りまえに腹を切った。そのとき、介錯したのがおぬしであったとか。それはまことか」

「いかにも、さようにござりまする」

「何故じゃ」

「たまさか、内桜田御門のそばにおったからにござりまする」

「ほう、そばにおったから頼まれたと。さようなはなしを信じろと申すのか」

「仰せの主旨《しゅし》がよくわかりませぬが」

「ならば、教えてやろう。先般、津軽家の重臣が不審死を遂げたと聞いた。どうやら、俵物の抜け荷が絡んでおったらしい。おおかた、あれなどは隠密の仕業であろう。されど、いくら調べさせても、その隠密は尻尾を出さぬ。密命を下すべき橘亡きあとも、こそこそ動いておるようなら、そやつこそ消してしまわねばなるまい」

ふいに、殺気が膨《ふく》らんだ。

背後だ。

いつのまにか、襖のそばに闇丸が座っている。

蔵人介は正面を向いたまま、闇丸との間合いを測った。

されど、肝心の脇差は預けてある。

宇郷と闇丸、ふたりを同時に葬るのは不可能におもわれた。

宇郷が笑った。

「くふふ、されど、窮鼠《きゅうそ》となった隠密にも助かる道はある。それはな、わしの子飼いになることじゃ」

蔵人介は返答せず、この場で腹を切れと命じられれば応じる覚悟を決めた。

緊張が極限まで高まったところで、宇郷が吐きすてる。

「ふん、もうよい。言いたいことは言うた。去《い》ね。笹之間で毒でも啖うておれ」

「はは」

蔵人介は潰れ蛙のごとく平伏し、隙のない仕種で部屋から退出する。

闇丸が待っていた。

「はらひはらひ、ひらひらとはらひ……」

聞きおぼえのある呪文を唱えながら、脇差を恭《うやうや》しく差しだす。

「……犬山軍兵衛の屍骸《むくろ》を竹林から運びだしたのは、拙者にござります」

ほとんど聞こえぬほどの声で囁き、不気味に笑ってみせる。

蔵人介はぎくりとしたが、顔には出さない。

黙って脇差を受けとり、廊下のさきに逃れた途端、全身の毛穴から汗が吹きだしてきた。

闇丸は少なくとも、仇討ちの舞台となった亀戸天神裏の竹林にいた。

理由はわからぬ。何らかの意図をもって、犬山軍兵衛を調べていたのかもしれぬし、犬山と通じていたのかもしれぬ。いずれにしろ、事を表沙汰にしなかったのは、そうしたくない事情があったからだろう。

こののち、宇郷と闇丸が敵になるのかどうかはわからぬ。

少なくとも味方にはなるまいと、蔵人介はおもった。

三

翌夕。

蔵人介は部屋でひとり、腕立て伏せをつづけていた。

ただの腕立て伏せではなく、左右三本の指だけでからだを支えている。

独特の鍛え方だが、幸恵ならば、何を莫迦なことをしておられると、叱りつけたにちがいない。

指立て伏せを終えると、今度は左手で胡桃《くるみ》をふたつ握る。

ごり、ごりと、指で転がし、時折、ぎゅっと潰そうとする。

胡桃の殻《から》は固いので、そう簡単には潰れない。

みようによっては、ただの暇潰しにもみえる。

と、そこへ、俵田三左衛門がやってきた。

「お頼み申す、お頼み申す」

申し合いを望む剣客の風情だが、小脇には菓子折を抱えている。

幸恵の案内で客間へ通すと、志乃が奥から廊下にすがたをあらわし、意味ありげに目配せを送ってきた。

同席したいらしい。

串部から魚河岸での出来事を聞き、骨太な侍の顔でも拝みたくなったのだろう。

勝手な想像は外れた。

襖を開けてふたりで足を踏みいれた途端、何気なくこちらに顔を向けた俵田と志乃の目と目がかち合い、俵田はあきらかに驚いた表情になり、一方の志乃は頬をほんのりと染めたのだ。

ふたりは知りあいなのだと、蔵人介は合点した。

ただ、俵田のほうはあきらかに、志乃との再会を予期していなかったようだ。

「……ま、まさか、志乃さまであられますか」

「さようにござります。俵田さま、お懐《なつ》かしゅうござりますね。かれこれ、三十年になりましょうか。ずいぶん御髪《おぐし》も白うなられたが、凜々しいお顔は昔日《せきじつ》のまま」

「何を仰る。志乃さまこそ、益々《ますます》もって……」

俵田が咳《せ》きこむと、志乃は右耳に手を当てた。

「はて、何でござりましょう。つづきが聞きとうござります。されど、俵田さまはお世辞の言えない無骨なお方。承知しておりますゆえ、どうか、お気を使わずに」

「……い、いえ、あいかわらず、お美しい。年を経られても、生き生きとしておられるご様子が眩《まぶ》しゅうござる」

「まあ、ほほほ」

志乃は上機嫌に笑いあげ、熱い眼差しをかたむける。

「御前試合で対峙したお方とはおもえませぬ。相手を居竦《いすく》ませるあの睨み、今でもはっきりおぼえておりますよ」

「なあに、たいした睨みではござらぬ。何せ、目《め》擦《こすり》膾《なます》の異名で呼ばれた房総の田舎者、それがしなど、伊達さまの剣術指南役であられた志乃さまの足許にもおよびませぬ」

「その田舎者が、とんでもなくお強かった。今だから伺いますが、あのときは手心をくわえていただいたのでしょうか」

「……と、とんでもない。さような余裕など、わずかもありませんでした。あれがそれがしのめいっぱいにございました」

俵田の修めた流派は、奇《く》しくも、蔵人介が宇郷に告げた香取神道流であった。同流派は申し合いの際、流れの内に必殺技を隠す。これを「崩し」と呼ぶのだが、志乃は俵田の繰りだす「崩し」をことごとく見切り、木の薙刀で臑に強烈な一撃を見舞ったらしかった。

「弁慶の泣き所にござる。あれは痛うござった。それがしはぶざまにひっくり返り、蹲って脂汗《あぶらあせ》を垂らしておりました」

「懐かしいのう」

志乃は遠い目をしてみせる。

「申し合いの翌日、お家へ御見舞いに伺ったら、俵田さまはわたくしに目擦膾を馳走してくだされた」

「久留里の珍味にござる。されど、おなごは誰ひとり口にいたしませぬ。何せ、生きたまま皮を剝《は》いだ赤蛙のことにござりますからな」

「皮を剝《む》かれた赤蛙は、しきりに目を擦るそうな。そこから、目擦膾と呼ばれるようになったと、俵田さまは笑いながら教えてくだされた」

「それがしの好物を無理にお薦《すす》めいたしました。志乃さまは見事に、それをお食べになった。しかも、美味しいと仰りながら」

「まことに美味でございました」

「志乃さまの堂々としたおすがたを拝見し、それがしは得心《とくしん》いたしました。嗚呼《ああ》、このお方にはとうてい敵わぬ。修行を重ねて百年ののちに立ちあっても、勝てるはずはないと」

つぎからつぎに紡《つむ》ぎだされる思い出話を、蔵人介は飽くこともなく聞いていた。おそらく、自然と笑みがこぼれていたことだろう。

志乃は急に声をひそめた。

「従者に聞きました。何でも、奥さまの十三回忌をなされたとか」

「十二年前の悪夢が、昨日のことのようにおもいだされます……あ、あれが不憫《ふびん》でたまりませぬ」

失った妻をおもいだしたのか、俵田はぐっとことばに詰まる。

わずかな沈黙ののちに、志乃が口をへの字に曲げて謝った。

「余計なことを伺ってしまいました。どうか、お許しくだされ」

「いいえ、よいのです。取り乱して申し訳ございませぬ。ともあれ、こたびは魚河岸でご当主にお助けいただき、おかげさまで事が大きくならずに済み申した。しかも、お伺いしたさきで、おもいがけず志乃さまと再会できるとは、これも神仏のお導きと申すしかありませぬ」

「さよう、年を経ても会いたいと願うおひとは、数えるほどしかおらぬもの。こうして俵田さまと縁が繋がったことを、神仏に感謝しなくてはなりませぬ」

ふたりはしばしみつめあい、うっかりすると手と手を取りかねぬほどの近さまで躙《にじ》りよる。蔵人介は座を外しかけたほどであったが、我に返った俵田は深々とお辞儀をして立ちあがった。

「何か、お困りのことはありませぬか」

唐突な志乃の問いかけに、俵田はわずかに顔を曇らせた。

が、すぐさま陽気なふうを装い、部屋から退出していった。

廊下に爽やかな風が吹きぬけたあと、後ろ髪を引かれるようなおもいを抱いたのは、志乃のほうであったかもしれない。

手土産の菓子折には、黒文字《くろもじ》が何本か添えてあった。

「もしや、これは雨城《うじょう》と呼ばれる楊枝《ようじ》にござりましょうか」

蔵人介の指摘に、志乃はうなずく。

「久留里藩の名産じゃ。俵田さまはもしかすると、楊枝削りで生活《たつき》を立てておられるのやもしれぬ」

たしかに、貧乏暮らしが板に付いたような風体ではあった。

「それにしても、ちと気になるのう。いや、何がということではない。何やらおもいつめたご様子が気になるのです」

「まだ、さほど遠くへは行っておられますまい」

「蔵人介どの、串部に命じて、居所を突きとめさせていただけませぬか」

「はっ」

蔵人介は弾かれたように立つと、急いで廊下に飛びだした。

四

今から三十年前の冬、伊達藩江戸藩邸において恒例の御前試合が催された。

関八州《かんはっしゅう》から選りすぐりの剣客が集められ、木剣による一本勝負の申し合いをおこなったのだ。頂点に立った者には褒美《ほうび》として米一俵に、伊達家剣術指南役と一手交える栄誉が与えられた。

俵田三左衛門はその御前試合で頂点に立ち、小野《おの》派一刀流の遣い手である剣術指南役をも撃破した。手放しで喜べぬ殿さまは「奥向の烈女《れつじょ》を呼べ」と小姓に命じた。白装束で表舞台に颯爽《さつそう》と登場したのが、木の薙刀を小脇に挟んだ志乃であったという。

家臣のなかには「女だてらに勝てるわけがない」と懸念《けねん》する向きもあったが、志乃は難なく重圧を撥《は》ねのけ、俵田を見事に打ち負かしてみせた。もっとも、一戦にのぞんだ俵田も褒めねばなるまい。相手が誰であろうと敬意を払い、尋常な勝負をして、潔く負けていったのである。

志乃によれば、俵田との勝負は後にも先にも一度きりで、翌日に久留里藩江戸藩邸内の徒士《かち》長屋を見舞って以来の再会であったという。

串部は命じられたとおり、俵田の住処《すみか》をつきとめた。

翌夕、ふたりで向かったさきは、雑司ヶ谷《ぞうしがや》の清戸《きよと》村である。

護国寺《ごこくじ》の西に広がる田圃《たんぼ》の端に、煤《すす》けた貧乏長屋が張りついていた。

志乃からも「手助けできるようなことがあれば、遠慮無く言ってほしい」との言伝を預かってきた。

木戸番に所在を聞き、奥の部屋を訪ねてみる。

部屋は開け放しにされてあったが、俵田本人はいない。

土間に踏みこんだ途端、香木《こうぼく》の匂いが漂ってきた。

土間だけでなく、部屋のなかにも、薪《まき》が山と積まれている。

楊枝にする黒文字にちがいない。

狭い部屋を見渡せば、小振りの仏壇に大小の位牌が置いてある。

大きいほうは戒名の末尾に「信女」の文字がみえるので、十二年前に亡くなった妻女のものであろう。小さいほうはわからない。

首をかしげたところへ、風呂敷を背負った商人がやってきた。

「ごめんくださりまし。おや、俵田さまはお留守ですか」

「おぬしは何者だ」

串部の問いに商人は胸を張る。

「手前は君津《きみつ》屋佐兵衛《さへえ》、楊枝屋にござります」

君津屋は勝手知ったる者のように部屋へあがり、仏壇の脇から箱を拾いあげた。

「さすが、俵田さまだ。約定《やくじょう》どおり、期日までに仕上げておいてくださった」

「近頃、よく見掛ける楊枝だな」

「これでなきゃ駄目だと仰るお客さまも大勢おられます。ことに、菓子をあつかう見世から、俵田さまの細工楊枝は引っ張りだこでござりましてね」

「それほどの人気なのか」

細工の精緻《せいち》さは、みればわかる。久留里城は築城の際に雨ばかり降っていたので「雨城」の異名を持つが、名産の楊枝も城に因《ちな》んで「雨城楊枝」と呼ばれていた。ひと月ほど乾燥させた黒文字を小片にし、松竹梅の飾り楊枝や太刀や鰻《うなぎ》などの変わり楊枝をつくる。江戸に流通している細工物の半分以上は、久留里産の楊枝だとも言われていた。

「ご覧のとおり、俵田さまの削る楊枝は手数が少ない。それでいて、削り込みが均等で美しい。これほどの仕事はなかなかできるものじゃない。さすがは元剣術指南役であられます」

君津屋が仕上がっていた楊枝を担いで去ると、入れちがいに洗濯物を抱えた十二、三の娘がやってきた。

「俵田さまなら、腰掛《こしかけ》稲荷へ行きなさったよ」

「腰掛稲荷か」

「明樽《あきだる》拾いの小僧が文を持ってきたのさ」

「どのような文だ」

「さあ、わたしなんぞにはわからないけど、俵田さまは文を目にするや、青鬼みたいになられたよ」

「青鬼か」

串部が囁きかけてくる。

「殿、もしや、目にしたのは果たし状では」

不吉な予感が脳裏を過《よぎ》った。

洗濯を生業《なりわい》にしている娘は果たし状と聞き、子兎のようにぶるぶる震えだす。

蔵人介と串部はどぶ板を踏みつけ、長屋の木戸から外へ飛びだした。

腰掛稲荷は家康公縁《ゆかり》の社、護国寺の西端にある。

陽も翳《かげ》ってきたせいか、物淋しげな参道に人影はない。

社務所も閑散としており、人気《ひとけ》を感じられなかった。

参道を走って拝殿の裏へまわり、枯葉を踏みしめて奥へ進む。

すると、灌木《かんぼく》が点在する空き地に、むさ苦しい浪人どもが集まっていた。

ぜんぶで四人いる。

木陰に隠れて様子を窺《うかが》うと、浪人どもに囲まれたなかに、俵田が正座していた。

寒風の吹きすさぶなか、凍てついた地べたに、きちんと膝をたたんでいる。事情はわからぬが、浪人どもは殺気を漲《みなぎ》らせていた。

丈のひょろりと高い浪人が唾を吐く。

「けっ、ただの老い耄《ぼ》れではないか。うぬが山川《やまかわ》の利き腕をへし折ったのか」

どうやら、その男は浪人どもの首領格らしい。

「さよう」

と、俵田は淀みない口調で応じた。

「十二年前に斬られて死んだ妻の仇を捜しておる。山川平十郎《へいじゅうろう》が辻斬りの下手人を知っていると聞いたものでな」

「それで」

「山川は何ひとつ知らなんだ」

「されば、どうして腕を」

「ついでに、おぬしらの悪事を吐かせるためにやった」

「何だと」

「おぬしら、音羽《おとわ》の地廻《じまわ》りに雇われ、弱い者をいじめているとか。わしはそうしたことが許せぬ質《たち》でな」

「余計なことを。借金を返さぬやつらを懲《こ》らしめて、何がわるい。そいつらを脅して金を返させるのが、わしらの役まわりなのだ」

「借金のカタに女房や娘を奪いとり、岡場所へ売り飛ばしておるそうではないか」

「金を借りるには、それなりの覚悟が要る。さようなことは、洟垂れでもわかる理屈であろうが」

「わしにはわからぬ」

俵田は執拗《しつよう》に抗った。

「おぬしら、恥ずかしくないのか。侍として、生き恥を晒《さら》すようなまねはやめろ」

「偉そうに説諭《せつゆ》しおって。やい、老い耄れ、許さぬぞ」

「許さぬなら、どういたす」

「膾《なます》に刻んでくれるわ。老い耄れひとり屍《しかばね》を晒したとて、悲しむ者などおるまい。それに、一刻も早う女房のもとへ逝きたかろう。十二年も仇を捜しておるほどだからな」

妻のもとへ逝きたいのは山々だが、仇を捜しあてぬうちは死んでも死にきれぬ。

それが俵田の心境であろう。

「すまぬが、わしはまだ死ねぬ。刀を抜けば、たぶん、おぬしは死ぬぞ。二度と悪事には手を染めぬと申すなら、許してやってもよい」

「ぬうっ、言わせておけば図に乗りおって。片手一本で許してやろうとおもったが、その気も失せた。地獄の鬼ども相手に、説教でも何でもするがよい」

浪人はずらりと刀を抜いた。

三尺を超える長い本身、物腰から推《お》すと、かなりできそうだ。

しかし、俵田の相手ではなかろう。

「抜けば死ぬと忠告した」

「さような忠告、聞く耳は持たぬ」

ひょろ長い浪人が動いた。

抜かずに座した相手に向かって、大上段から斬りつける。

と、そのとき。

一陣の旋風が吹きぬけた。

「やっ」

気合一声、俵田が跳ねた。

飛蝗《ばった》のごとく跳ね、中空で素早く抜刀する。

香取神道流、抜きつけの剣か。

いや、裏奥義と言われる鉾露離剣かもしれぬ。
右腕と一体になった本身の切っ先は、相手の首筋を瞬時に断っていた。
「ひゃあぁ」
断末魔《だんまつま》の悲鳴とともに、鮮血が紐のようにたなびく。
ほかの三人は呆気に取られ、身動きひとつできない。
俵田はひらりと地に舞いおり、悠然と立ちあがった。
まるで、尖った流木が屹立《きつりつ》したかのようだ。
「殺生《せっしょう》は好かぬ」
地の底から、重厚な声が響いた。
「改心せよ。この者の死を無駄にするな」
誰ひとり、抗おうともしない。
仕舞いには後退《あとじさ》りし、ひとり残らず居なくなった。
俵田は両膝を落とし、袖で顔を拭うように泣きはじめる。
あまりに哀れで、声も掛けられない。
蔵人介と串部は、そっと木陰から離れた。
ところが、同じように木陰から一部始終を眺めていた人影があった。

蔵人介は気づかれぬように串部に命じ、怪しい人影を追いかけさせた。

五

木陰からみていた侍は久留里藩の者だった。

同藩の中屋敷が雑司ヶ谷に近い目白台《めじろだい》にあり、串部は中屋敷に消えた侍の人相風体を何度も確かめた。しばらく張りついてみると、その侍が下谷の上屋敷とのあいだを頻繁に行き来するのがわかったので、人影も判別し難い逢魔刻《おうまがとき》を狙って待ちぶせすることに決めた。

腰掛稲荷の一件から二日後の夕刻、侍はいつもどおりに目白坂の下り坂をのんびりくだってくる。

蔵人介は道端から身をひるがえし、侍の行く手に立ちふさがった。

坂道の後ろからは、串部も小走りで迫っている。

こちらの身分を正直に告げるかどうかは、相手の態度をみてから決めようとおもっていた。

不審そうに足を止めた侍は、存外に若い。二十歳を少し超えたあたりだろうか。

通行人はちらほら見受けられたが、気に留める者もおらず、薄暗くなってきたので、誰もが急ぎ足で黙々と通りすぎていった。

「もし、お侍」

声を掛けたのは、串部のほうだ。

侍は棒のように佇み、返事もできない。

すかさず、蔵人介が声を掛けた。

「案ずるな、怪しい者ではない」

若侍はこちらに向きなおり、右手を刀の柄に添える。

「待ってくれ」

素直そうな表情をみてとり、蔵人介は正直に告げた。

「俵田三左衛門どののことで、貴殿にお伺いしたいことがある」

俵田の名を出すと、侍は刀の柄から手を放した。

「叔父御《おじご》のことで何か」

と、おもいがけない反応が返ってくる。

蔵人介は表情を変えず、声を落とした。

「二日前の夕刻、腰掛稲荷の裏手におったであろう」

「げっ」

狼狽《うろた》える侍にたいし、蔵人介は微笑んでみせた。

「待て。われらは斬られた浪人の仲間でもなければ、捕り方でもない。わしの名は矢背蔵人介、千代田城本丸の御膳奉行をつとめておる」

「公方さまのお毒味役ということでしょうか」

「いかにも」

「お毒味役が何故に」

「立ち話も何だ。そこの水茶屋にでもつきあわぬか」

「はあ」

はためく竹色の幟《のぼり》には「名物草団子」という文字が白抜きにされている。

気の向かぬ様子ながらも、侍は蔵人介の後ろから従《つ》いてきた。

赤い毛氈《もうせん》の敷かれた茶屋の床几《しょうぎ》にふたり並んで座ると、後ろに控えた串部が給仕の娘に草団子と煎茶を注文した。

侍はみずからを「佐久間敬次郎《さくまけいじろう》」と名乗った。

俵田の亡くなった妻の兄、佐久間敬吾《けいご》の次男坊だという。

朋輩《ほうばい》の通りそうな往来を気にする理由は、少しばかりやましい気持ちがあるからだろう。

「叔父御には会うなと、父にきつく命じられております。されど、それがしは叔父御が好きですし、どうしてもお願いしたきこともあるので、秘かに会う機会を窺っておりました」

そうしたやさき、腰掛稲荷の一件に出会《でくわ》した。

相手が悪人とは申せ、ひとひとり斬れば罰を受けねばならぬ。

俵田が縄目になるのを案じながら、眠れぬ夜を過ごしていたらしい。

「すべては、十二年前の凶事がもとになっております」

俵田は長らく久留里藩の剣術指南役を務め、右に並ぶ者なしと評されたほどの剣客だったが、無骨者《ぶこつもの》ゆえに四十の半ばを過ぎても独り身を通していた。そこへ、降って湧いたように縁談が持ちあがり、城下で「上総の杜若《かきつばた》」と称された美しい妻を娶《めと》ることとなった。

「叔母の寿美《すみ》にござります」

年は二十以上も離れていたが、寿美は美貌に恵まれていただけでなく、気立てのよい朗《ほが》らかな娘で、俵田も「わしは天下一の果報者《かほうもの》だ」と、周囲に恥ずかしげもなく吹聴《ふいちょう》するほどだった。

「ぞっこんであったと」

「はい」

夫婦はいつも寄り添うように散策していたので、近所の連中からは「おしどり」と呼ばれていた。

敬次郎は部屋住みの次男坊だけに、家では肩身の狭いおもいをしていたという。それもあって、俵田夫婦のもとへちょくちょく遊びに行き、ふたりにずいぶん可愛がってもらった。

ところが、夫婦になって一年ほど経過したある冬の夕暮れ、寿美は辻斬りとおぼしき暴漢に斬られて帰らぬ人となった。俵田の昇進を祈念し、家の近くにあった神社へお百度《ひゃくど》を踏みにいった帰り道であった。

「叔母は子を孕《はら》んでおりました」

「まことか」

蔵人介はそれを聞いて、長屋で目にした小さな位牌の意味を理解し、いっそう切ない気持ちにさせられた。

「叔父御はみずからを見失い、果たし合いで藩士のひとりに大怪我を負わせ、出奔《しゅっぽん》してしまいました」

それでも、敬次郎はどうにかして居所を捜しあて、十年にわたって盆と正月にはかならず挨拶に伺っていたという。

「最後に会ったのはいつだ」

「今年の正月にござります。そのとき、二度と会いに来るなと一喝されました。藩を捨てた者と気軽に会ってはならぬとお怒りになり、叔父御は別の長屋へ移ってしまわれたのです」

来るなと言われた理由を、敬次郎なりに考えた。

「下手人捜しの端緒《たんしょ》をみつけたのだとおもいました」

仇討ちの日が近づいていると判断し、俵田は甥《おい》が巻きこまれるのを避けたのだ。

それでも、敬次郎は新たな移転先を探しあてた。どうしても会いたい理由ができたのである。

「今より五日ののち、下谷の御上屋敷で御前試合がござります。そこで頂点に立てば、次男坊のそれがしにも昇進の機会が訪れるやもしれぬ。叔父御に是非、一手指南していただき、香取神道流の裏奥義を教えていただきたいのです」

「裏奥義とは、もしや」

「鉡露離剣にござります」

「やはり、そうか」

俵田は、鉾露離剣の遣《つか》い手《て》なのだ。

敬次郎は突如、毛氈に両手をつく。

「不躾《ぶしつけ》なお願いかもしれませぬが、矢背さまからも頼んでみてはいただけませぬか」

「わしがか」

「はい。欲得抜きで案じてくださる矢背さまのおことばなら、叔父御も無下にはできますまい」

蔵人介は月代《さかやき》を指で掻き、困ったような顔をする。

「どうなるかわからぬが、まあ、はなしだけはしてみよう」

「まことでございますか。ありがとう存じます、このご恩は一生忘れませぬ」

「大袈裟なことを申すな」

怒ったように吐きすて、熱い茶を啜る。

ほっと白い息を吐き、空を見上げた。

困ったな。

安易《あんい》に受けるべきでないのかもしれぬ。

いずれにしろ、何やら妙な雲行きになってきた。

六

築地川《つきじがわ》の土手道を歩いていると、川風に身を切られるようだ。

冬至《とうじ》も近い。空を見上げれば、鉛色の雲が低く垂れこめている。

潮の落ちあう相引橋《あいびき》のそばに、何度か足を運んだ鍋屋があった。

見世のまえには、大きな鮟鱇《あんこう》が吊るされている。

禿《は》げた親爺が幅広の包丁を掲げ、いとも簡単に鮟鱇を切り刻んでいくのだ。

「見事なものだな」

感嘆するのは、俵田三左衛門である。

蔵人介が雑司ヶ谷の長屋を訪ね、気楽な調子で誘った。

俵田は所在を知られたことなど気にも留めず、嬉しそうに従いてきた。

「ずっと眺めておっても飽きぬな」

「あれを鍋にいたせば、ほっぺたが落ちます」

「それほど美味いのか。鮟鱇は初めてでな」

「目擦膾《めこすりなます》より美味いかもしれませぬぞ」

「まことか。それは楽しみだ」

ふたりはひとしきり笑い、串部の案内で見世の敷居をまたぐ。

日暮れまでは一刻余りあるので、客はひとりもおらず、鰻《うなぎ》の寝床のように細長い土間を通って、どんつきの小上がりに落ちついた。

鍋や野菜は仕度されており、あとは親爺が鮟鱇の切り身を持ってくるだけだ。

安い酒は熱燗《あつかん》にして、古女房が運んできてくれた。

愛想《あいそ》ひとつ言わぬ古女房をちらりとみて、俵田は満足げにうなずく。

「美味い見世は、女将《おかみ》をみればわかる。味に自信があれば、愛想なんぞ言わずとも客は集まるゆえな」

ふたりは酒を酌みかわし、剣術談義に花を咲かせた。

やがて、親爺が大笊《おおざる》に鮟鱇の切り身を盛ってあらわれた。

熱した出汁のなかへ、切り身をどっさり入れて煮る。煮ているあいだに、アテに出された鮟鱇の胆を食べ、俵田は赭《あか》ら顔をくしゃくしゃにして笑った。

「美味いのう。舌触りが目擦膾に似ておる」

「こちらも珍味にござりますからな」

鍋が煮えたので、蔵人介みずから切り身を小鉢に取ってやる。

俵田は恐縮しつつも、口をはふはふさせはじめた。

味付けは酢醬油、柚子をちょいと垂らす。

俵田はことばを失い、目に涙さえ浮かべてみせる。

「この味……寿美にも食べさせてやりたかったのう」

箸を握ったまま感慨深くこぼし、天井をみつめる。

やはり、失った妻の面影がまとわりついているらしい。

頃合いをみはからい、蔵人介は本題を切りだした。

「じつは、佐久間敬次郎どのから頼み事をされましてな、三日後に下谷の藩邸で御前試合があるそうです。ついては、鉾露離剣を伝授してもらえまいかと」

唐突すぎて理解できぬとでも言いたげに、俵田は首を横に振った。

「敬次郎が鉾露離剣を」

「じつは、それがしもご教授願いたい。是非、この目で鉾露離剣の太刀筋をみたいと望んでおります」

「それがしは鉾露離剣を遣いませぬ」

「えっ、そうなのですか」

「はい。ただ、ひとりだけ、鉾露離剣を遣う者を存じてはおります」

「風聞によれば、刺突とされておるようですが、抜きつけの剣とは異なるのでござろうか」

「別物にござる。わが流派では他人に語ってはならぬと、厳しく戒めております」

「なるほど、文字どおりの秘剣にござるな」

「おそらく、太刀筋をみた者はこの世におりますまい」

「と、言うと」

「鉾露離剣の太刀筋は目にみえぬ。みた瞬間、その者は胸を刺しつらぬかれている。人殺しの剣なのでござるよ」

「ほほう」

いっそう興味を引かれる蔵人介にたいし、俵田は声を荒らげた。

「それにしても、何故、矢背どのが敬次郎のことを存じておられるのか。しかも、あれには二度と会わぬと伝えたはず」

「そこをまげてと申しますか、敬次郎どのは貴殿を慕《した》っておられます。どうか、一手指南の望みを叶えてやってはもらえませぬか」

「さきほども申しあげたとおり、鉾露離剣は誰かに教える技ではない。敬次郎は直《じき》心影流《しんかげ》の免状を持っております。ひとかどの剣客にござる。みずからの力で何処までいけるか、やってみればよい。もっとも、わしは勝たねばよいとおもうております。下手に勝てば、相手に遺恨《いこん》が生じるゆえ」

「遺恨にござるか」

「十二年前、それがしは因縁のあった藩士に遺恨試合を挑まれた。通常であれば拒んでいたところであったが、寿美を失ったばかりで気持ちが荒れておったこともあり、申し出を受けてしまった」

遺恨試合は仇討ちとちがうので、藩から許しは出ない。真剣勝負となればどちらかが死ぬか大怪我を負うので、剣術指南役ともあろう者が安易に承諾すべきではなかった。

「対峙するまでは、峰打ちで済まそうとおもうておった」

ところが、相手は死ぬ気で掛かってきた。こちらも真剣に応じねば、勝ちを得ることは難しいと、一合《ごう》打ちあって即断し、気づいてみれば相手の利き腕を肩口からばっさり落としていた。

「わしはその足で雲隠れした。藩に何ひとつことわりも入れず、その場から逃げてしまったのだ」

しばらくのち、腕を落とした藩士は一命を取りとめたと聞いた。

俵田は江戸を数ヶ月のあいだ離れたが、ふたたび、舞いもどってきた。移転を何度か繰りかえしたものの、藩への未練が捨てきれず、雑司ヶ谷や目白台や音羽といった中屋敷のそばにしか住まなかった。

藩の連中からは、今も死んだものとみなされている。ただ、甥の敬次郎だけは盆と正月に顔をみせに来てくれた。

「正直に申せば、敬次郎には感謝してもし足りぬほどでござる。我が子のように可愛いし、将来を期待もしております。されど、わしのような老い耄れと関わっておったら、運が逃げてしまうに相違ない。それゆえ、もう来るなと一喝してやりました」

事情はわかった。無理強いはすまい。

「四日前、それがしは浪人者をひとり斬り申した。誰かもわからぬ。ただ、悪党であることだけは調べがついていた。いかに悪党でも、ひとひとり斬れば罪に問われます。本来なら番屋に届け、それ相応の罰を受けねばならぬところじゃ。無論、承知しておりますが、それがしにはまだやらねばならぬことがある」

慰めようもなかった。俵田は罪を告白することで、何とか正気《しょうき》を保とうとしている。妻を殺めた下手人を捜すことで、どうにか生きながらえているのであろう。

「今日は楽しゅうござった。このような気分は何年ぶりであろうか。生きておればよいこともあるのですなあ。志乃さまにも再会できたことだし、ひょっとすると運が巡《めぐ》ってきたのかもしれぬ」

「養母《はは》も案じております。手助けできることがあれば、何でも仰ってくだされ」

「かたじけない。天下の鬼役どのを味方につければ、百人力を得たようなものじゃ。されど、案ずるにはおよびませぬ。細々ながらも、まだ伝手《つて》はござりますゆえ」

妻を斬った下手人に繋がる伝手のことを言っているのだろうか。

俵田はやおら腰を持ちあげた。

「仕上げの雑炊《ぞうすい》がまだでござる」

串部のことばに笑いつつ、俵田は腹をぽんと叩く。

「残念ながら、腹が一杯になり申した。米一粒もはいりませせぬ」

俵田は丁寧にお辞儀をすると、土間に降りて草履を履《は》き、ふらつく足取りで外へ出ていった。

七

冬至。

空にはあいかわらず、鉛色の雲が垂れこめていた。

市中の家々では南瓜《かぼちゃ》を煮て食べ、据え風呂には柚子を浮かせる。からだを暖める工夫らしいが、南瓜も据え風呂もない貧乏人は、部屋の隅で夜具に包《くる》まっているしかあるまい。

佐久間敬次郎は黒田家の殿さまが食い入るように見守る御前試合で勝ちすすみ、我こそはとおもう剣士たちの頂点に立った。叔父の俵田三左衛門には会ってもらえず、秘技を伝授されなかったにもかかわらず、自力で勝ちあがってみせたのだ。

親兄弟は喜び、親類縁者を集めて祝いの宴を催したが、終始、敬次郎は浮かぬ表情を浮かべていたという。

最後に闘った相手から、秘かに文を受けとっていた。

――卑怯者め、真剣にて決着をつけよ。

遺恨試合の申し入れである。

感情の昂《たか》ぶった若侍にありがちな愚かな行為だが、卑怯者《ひきようもの》呼ばわりされた以上、受けぬわけにはいかない。それこそが俵田の案じたことにほかならず、不吉な勘は当たってしまった。

敬次郎は申し入れを諾し、みずから遺恨試合の日時と場所を指定した。

――明十五日夕七つ、音羽腰掛稲荷の裏手にて待つ。

自分なりに験《げん》を担いだのか、俵田が浪人を斬った空き地を勝負の地に選んだ。

家の者は誰も知らなかった。真剣勝負となれば、どちらかが死ぬか大怪我をする。生き残ったとしても藩から咎《とが》めを受け、重い罰を下される公算が大きい。しかし、卑怯者の誹《そし》りを受けた以上、黙ってはいられない。それが侍というものだと、敬次郎はおもったのだろう。

相手は重臣の長男で、名を貝須賀《かいすが》忠弥《ちゆうや》という。御前試合でも下馬評《げばひよう》が高かった力量の持ち主だけに、部屋住みの次男坊に負けたことが口惜しくて仕方なかったにちがいない。おのれの怒りを鎮《しず》めるために、浅はかな申し出をおこなったのだ。

蔵人介が事前に相談を受けていたならば、敬次郎を羽交《はが》い締《じ》めにしてでも止めただろうし、俵田をがっかりさせるようなことはするなと、ことばを尽くして説諭したはずだった。

が、敬次郎は誰にも打ちあけず、死地のただなかに立った。

そこからさきの顚末は、果たし合いの一部始終を眺めていた宮司の語った内容にほかならない。

貝須賀は予想に反して、助っ人をふたりも連れてきた。あとで知ったことだが、ふたりは同じ道場で鎬《しのぎ》を削る仲間で、いずれも上士《じょうし》の長男であった。三対一となれば、敬次郎に勝ち目はない。罠に嵌《は》められたも同然だった。が、柿色の筒袖に白い襷掛けをほどこした敬次郎は、相手の非を咎めず、尻をみせて逃げようともしなかった。

「次男坊は虫螻《むしけら》も同然、虫螻に負けたとあっては末代《まつだい》の恥」

貝須賀忠弥は疳高《かんだか》い声で発した。汚名を雪《すす》ぐためには、敬次郎をこの世から消し去るしかないと頑《かたく》なに信じているようだった。

立会人もいないため、遺恨試合の証拠はいっさい残らない。負ければ誰にも気づかれず、凍《こご》えた地べたに屍を晒すだけ。まんがいち誰かがみていて、藩の目付筋に訴えがあったとしても、仕掛けたのは上士の子息たちなので藩の調べは甘くなり、吟味《ぎんみ》を受けても言い逃れはいくらでもできる。

そこまで先を読んでいたとすれば、貝須賀たちのやろうとしていることは、ただの人殺しにほかならなかった。

敬次郎はすべてを呑みこみ、敢然《かんぜん》と刀を抜いた。

そして、助っ人のふたりに手傷を負わせたものの、貝須賀に背中をばっさり斬られ、振りむいたところで、平青眼から心ノ臓にとどめの刺突を見舞われた。

肋骨《あばら》の隙間に刺しこまれた鋭利な切っ先は、背中から一尺余りも飛びだしていたという。貝須賀はすかさず敬次郎の腹を蹴り、みずからの刀を引き抜いた。夥《おびただ》しい返り血を全身に浴びつつも、曇天に向かって勝ち鬨《どき》をあげたらしかった。

蔵人介が壮絶な遺恨試合の経緯を知ったのは、惨劇から一刻ほど経過したころのことだった。

御納戸町の家に駆けこんできたのは、楊枝屋の君津屋佐兵衛である。

俵田のもとへ楊枝を引き取りに訪ねたところ、血染めの文を握った宮司が血相を変えてあらわれた。屍骸のそばに落ちていた文を、拾って届けてくれたのだ。

――叔父上、勝手なまねをして申し訳ござりませぬ。

敬次郎のしたためた文には、謝罪と遺恨試合にのぞむ心境が綴られてあった。

宮司から勝負の顚末を聞き、俵田はがたがた震えはじめた。

君津屋は心配になり、このことを告げる相手はいないかと尋ねてみた。

すると、俵田の口から蔵人介の名が漏れたので、長屋から飛びだして早駕籠《はやかご》を拾い、御納戸町まで駆けに駆けさせたのである。

今、蔵人介は寒風に吹かれながら、腰掛稲荷裏の空き地に立っている。

空き地のまんなかには、敬次郎の屍骸が仰臥《ぎょうが》していた。

屍骸のかたわらに、俵田三左衛門が茫然自失《ぼうぜんじしつ》の体《てい》で佇んでいる。

蔵人介が近づいても身動きひとつせず、まるで、葉をすべて落とした立木のような風情であった。

蔵人介は着ていた羽織を脱ぎ、屍骸にそっとかぶせてやる。

俵田はようやく我に返り、ぽつねんとつぶやいた。

「ご覧くだされ。このざまじゃ……くうっ」

込みあげる感情を抑えきれず、両膝を地に落とす。

俵田は屍骸に膝行《にじ》りより、うずくまって慟哭《どうこく》しはじめた。

ふと、気づけば、空から白いものが落ちてくる。

「初雪か」

宮司と君津屋が、真っ白い息を吐いた。

雪は静かに降りつづき、敬次郎の屍を帷子《かたびら》のごとく覆っていく。

——ごおん。

暮れ六つの鐘が淋しげに尾を曳《ひ》いた。

あたりが薄暗くなっても、誰ひとり去ろうとしない。

悪夢のごとき惨劇にどうやって向きあえばよいのか、蔵人介は考えあぐねていた。

八

二日後、佐久間敬次郎の通夜がしめやかに営まれた。

場所は久留里藩の藩邸内、勘定方《かんじょうかた》を預かる佐久間敬吾の屋敷内である。

せめて線香の一本でもあげさせてもらおうと、蔵人介は通夜に参じる許しを得た。

俵田三左衛門は遺恨試合の経緯と敬次郎の最期《さいご》を知る者として、通夜への参列を希望し、義兄でもある佐久間敬吾に渋々ながらもみとめられていた。

佐久間家の者たちの俵田への眼差しは冷たく、疫病神《やくびょうがみ》でもみるような表情をしている。

無理もあるまいと、俵田自身も感じたことだろう。

藩を捨てて行方《ゆきがた》知れずとなっていた者が、十数年ぶりに忽然《こつぜん》とあらわれたのだ。暖かく迎えられるはずもなかった。

ほとけになった敬次郎は、安らかな顔で眠っていた。

唯一、それだけが救いであったが、仏間の隅に座る俵田は救いようのない底なし沼へ沈みつつあるようにみえた。

蔵人介は心配になり、俵田のもとへ膝を運んだ。

「敬次郎どのは、眠っておられるようですな」

はなしかけても、死んだ魚のような眼差しが向けられるだけだった。

「俵田さま、遺恨試合のことは、きちんとおはなしなされたのですか」

切りこむように問うと、掠れ声が怒りで震えた。

「言うたさ。どうしてこうなったのかも、遺恨試合を申し入れた相手の名も告げたし、血染めの文もみせてやった。ところが、父親は取りあおうともせぬ。敬次郎は得体の知れぬ暴漢どもに斬られた、の一点張りでな」

「それは妙なはなしだ。何故、暴漢どものせいにせねばならぬのでござろう」

「息子の死より、おのれの保身がだいじなのさ」

貝須賀忠弥の父である貝須賀大膳《だいぜん》は、中老《ちゅうろう》のなかでも出世頭と目されていた。

たとえば、奏者番の殿さまが千代田城へ登城する際には、かならず随行する。ほかの奏者番とのあいだで緊密に連絡を取る押合《おしあい》の役目を担い、若い殿さまからは「大膳がおらねば何も進まぬ」と持ちあげられるほど頼りにされていた。

そのような相手に言いがかりをつければ、身の破滅どころか家が改易《かいえき》の憂き目をみるのは火を見るよりも明らかだ。それゆえ、息子を殺《あや》められた疑いがあるのに、泣き寝入りを決めこむことにしたのである。

俵田は憎々しげに吐きすてた。

「佐久間敬吾とは、むかしからそういう男だ」

「むかしから」

「十二年前にじつの妹を亡くしたときも、本家の当主であるにもかかわらず、まともな葬儀すらあげなかった。あやつは言った。『寿美が惨めな死に様を晒したおかげで、家中の笑いものになった』とな。わしはそのはなしを聞きながら、怒りを抑えるために、小柄《こづか》で何度も自分の膝を刺さねばならなかった」

俵田はついに我慢の限界を超え、拳を固めて佐久間敬吾の頬を撲り、その場から立ち去った。

「あやつの顔をみるのは、そのとき以来じゃ。鮟鱇並みにでっぷり肥えたが、悪党面《づら》だけは変わらぬ。ともあれ、向こうも、わしの顔などみたくもあるまい」

「敬次郎どののこととは、関わりのないはなしにござろう」

「いいや、そうとも言いきれぬ。敬次郎はわしに懐いておった。そのせいで、父親から疎《うと》まれておったのじゃ。家の連中は誰ひとり、父親に逆らえぬ。敬次郎はこの家におっても、ひとりぼっちだったのかもしれぬ」

「可哀相に」

御前試合の頂点に立ち、ようやく家の者から祝ってもらう夢が叶った。ところが、それは一瞬の夢にすぎなかった。薄汚い企《くわだ》てに抗しきれず、前途ある人生を暗転させてしまったのだ。

「わしはけっして、敬次郎を死に追いやった者たちを許さぬ」

「どうなさるおつもりです」

聞いても詮無いことだ。俵田はすでに、仇討ちの決意を固めている。

「わしは十二年前、佐久間家と縁を切った。楊枝削りの浪人者として立ちあうだけだ。この家には迷惑を掛けぬ」

仇討ちをおもいとどまらせる理由はみつからない。

蔵人介は一礼し、佐久間敬吾のもとへ向かった。

なるほど、よく肥えた男だ。

「幕臣の矢背蔵人介と申します」

名乗りあげると、佐久間は不審げな顔をする。

「幕臣とな」

「いかにも、千代田城本丸の御膳奉行を務めております」

「鬼役と称する毒味役が、何故に通夜へまいられた」

「短いつきあいではござりましたが、敬次郎どのと親しくさせていただいたもので」

「ふん、あそこに座る幽霊とも知りあいのようじゃな」

俵田のほうに顎をしゃくられ、蔵人介は平然と応じる。

「いかにも」

「ならば、幽霊を連れて早々に立ち去るがよい」

嘲《あざけ》るような口調で言われ、蔵人介は一礼しつつも、むっくり顔を持ちあげた。

「おことばにござるが、ひとつお伺いしても」

「何じゃ」

「何を根拠に、ご子息は暴漢に斬られたと仰る」

「ふん、みた者がおるのだ」

「ほう」

「疑っておるのか。それなら、森戸《もりと》丈四郎《じょうしろう》と申す同心に尋ねてみるがよい」

蔵人介は眸子を細める。

「森戸丈四郎にござりますか」

「北町奉行所の定町廻《じょうまちまわ》りだ。森戸によれば、敬次郎は町中で数人の暴漢に囲まれ、因縁《いんねん》をつけられた。その流れで稲荷の裏手へ連れていかれ、命を落としたのじゃ」

「なるほど、俵田さまに遺された血染めの文を信じず、同心づれのことばをお信じになるのでござるな」

「森戸とは十数年来のつきあいじゃ。あやつのことばに嘘はない」

「十数年来のつきあいでござるか」

蔵人介の目が光る。

「ふん、もうはなすことはない。幽霊を連れて去《い》ぬがよい」

部屋のなかは冷えるのに、肥えた父親の額には汗が滲んでいる。

ついに耐えられなくなったのか、扇子を開いてばたばたやりはじめた。

「敬次郎め、死んでからも迷惑を掛けよる。部屋住みの次男坊なんぞ、屁の足しにもならぬ。あやつはこうなる運命だったのじゃ」

心の底からそうおもっているのか、それとも、みずからの気持ちを鎮めるために言い聞かせているのか、蔵人介には区別がつかない。

いずれにしろ、死者を冒瀆《ぼうとく》するようなことばは聞きたくなかった。

俵田を促し、ともに仏間を出る。

藩邸から外へ踏み出すと、白いものがちらついていた。

音も無く降る雪が、沈黙をいっそう重いものにする。

雑司ヶ谷の貧乏長屋へ戻るまで、ふたりはひと言もことばを交わさなかった。

九

三日後、夜。

浄瑠璃《じょうるり》坂を下って左手に折れ、土手道を少し行くと愛敬《あいきょう》稲荷の鳥居がみえてくる。

横道から裏手へまわってみると、いかがわしい雰囲気の漂う露地の一角に『丑市《うしいち》』という軍鶏《しゃも》屋が佇んでいた。

昨年までは隠し町として知られた界隈であったが、水野忠邦の「改革」によって女郎屋は一掃《いっそう》された。表通りで商売を営む連中などは、新しい町に生まれかわるものと少しは期待していたのかもしれない。だが、一度根付いた欲望の巣窟《そうくつ》がそう簡単に消えるはずはなかろう。何処からともなく妖しい女たちが集い、男たちを誘う仄白《ほのじろ》い軒行灯《のきあんどん》も灯《とも》りはじめていた。

何度か来たことのある『丑市』は鍋を売りにする見世ではなく、鋤《すき》のうえで焼いた軍鶏肉を食わせる。

この見世で会う相手は、いつも決まっていた。

「そっちから声を掛けてくるとはな、めずらしいこともあるもんだぜ」

べらんめえ口調で喋る着流し姿の町人は、誰あろう北町奉行の遠山左衛門少尉《とおやまさえもんのしょう》景元《じょうかげもと》にほかならない。

かつてのやんちゃ坊主も、すっかり牙をぬかれたようになり、町奉行の座を射止めてからは水野忠邦に飼いならされた印象だが、蔵人介の目には暴発する機会をじっと窺《うかが》っているようにもみえた。

「能ある鷹は爪を隠すって言うだろう。へへ、おれは南町奉行の妖怪野郎とはちがう。鳥居耀蔵《とりいようぞう》は鉄の爪を隠そうともしねえ。そこいらじゅうを引っかきまわし、罪もねえ連中の人生まで平気で奪っていく。恐怖で町を治める強引なやり方が、いつまでもつづくとはおもえねえ。罪深《ぶけ》えのはな、みてみぬふりをしている幕閣のお偉方どもさ。誰ひとり、水野さまに強《こわ》意見できねえ。妖怪野郎のやり口は行きすぎじゃねえかと、万石大名なら諫言《かんげん》してほしいもんだがな。誰も文句を言わなきゃ、これでいいのかってことになる。水野さまは今、正直、まわりがみえていねえ。みえてねえのにみえた気になって、ご政道の舵《かじ》を握って放さねえのさ。そんな危なっかしい世の中が、いつまで保《も》つかはわからねえぜ。ふとした弾みで、何もかもぶっつぶれるかもしれねえ……おっと、こいつは言い過ぎた。あくまでも、金四郎《きんしろう》っていう遊び人の世迷《よま》い言《ごと》だかんな、聞きながしてくれ」

　放っておけば、朝まで愚痴の聞き役をやらされそうだ。

　酌をしてやると、金四郎は嬉しそうに盃をかたむけた。

　後ろには、黒羽織の役人がひとり影のように控えている。

「おっと、忘れるところだ。こいつは例繰方《れいくりかた》与力の角中角之進《かくなかかくのしん》、みたまんま融通《ゆうずう》の利かねえ四角四面《しかくしめん》の男だが、生き字引と呼ばれるだけあって、むかしのことはよくおぼえていやがる。調べてほしいってのは、十二年前の武家妻殺しだったな。おい、角中、説いてやれ」

「はっ」

角中は鰓《えら》の張った顔を突きだし、発条《ばね》仕掛けの人形のように早口で喋りはじめる。

「冬の夕暮れ、下谷の寺町で勃《お》こった凶事にござります。犠牲になったのは久留里藩剣術指南役、俵田三左衛門の妻で、名は寿美。正面から心ノ臓をひと突き。辻斬りによる行きずりの殺しとおもわれまするが、下手人は不明。以上は、廻り方の上申書に綴られてあった内容にござります。なお、上申書によれば、寿美は六月ほどの子を孕《はら》んでおりました」

すかさず、蔵人介は問うた。

「上申書を綴った者の名は」

「ご指摘のあったとおり、定町廻りの森戸丈四郎にござりました」

金四郎が渋い顔で吐きすてる。

「森戸か、評判のよくねえ野郎だな」

「はい。小藩に恩を売って付け届けをせびり、生活の足しにしているとか」

「ま、不浄役人ってのは多かれ少なかれ、そうしたものだ。いちいち目くじらを立てていたら、町奉行所から役人がひとりもいなくなる。それで、森戸の上申書に不審な点はあったのか」

「ひとつござりました。検屍《けんし》に中条流《ちゅうじょう》の医者を立ちあわせております。名は勝呂《すぐろ》道仁《どうじん》、おそらく、森戸が手懐《てなず》けておる中条医にござりましょう」

「なるほど、やましいところがなけりゃ、町奉行所お抱えの町医者を立ちあわせるはずだと言いてえのか」

「はい。上申書には書けぬ事情があったのやもしれませぬ。それと申しますのも、この一件の数日後に、下谷近辺で同様の凶事が二件勃こっており、いずれも扱いは森戸、立ちあった医者は勝呂道仁と記されておりました」

「同様の凶事とはどのような」

蔵人介に問われ、角中は咳払いをする。

「はい。殺《あや》められたのは町人の娘でしたが、やり口はいずれも正面から心ノ臓をひと突き、上申書には辻斬りによる行きずりの殺しと綴られておりました」

真相は別にあるのかもしれぬと、角中は目顔で訴えた。

「中条流の医者を叩いてみれば、詳しいことがわかるかもな」

金四郎に誘われるかのように、角中は所在を記した紙切れを差しだす。

「へへ、見掛けによらず、役に立つ男だろう」

「かたじけのうござりました」

蔵人介が頭を垂れると、今度は金四郎が酒を注いでくれた。

「でもよ、十二年前の凶事を掘りおこしてどうすんだ。真相がわかったとしても、寝た子を起こすことにゃならねえのか」

「十二年ものあいだ、仇を捜している御仁がおります」

「旦那かい」

「はい。藩を捨て、楊枝削りの内職をしながら、仇にめぐりあえることを信じ、それだけを生きるよすがにしておられます」

「哀れだな。でもよ、どうして鬼役のおめえが関わる」

「成りゆきにござります」

「ふん、情に流されて人助けか。おめえらしくもねえな。そう言えば、元四日市町の活鯛屋敷から文句があったぜ。鬼役に恥を搔かされたから、どうにかしてくれってな。へへ、心配するな。どうにもしやしねえ。でもな、森戸のことは慎重にやってくれよ。悪党とはいっても、いちおうはおれの配下だからな」

「承知しております。されど、事があきらかになったあかつきには」

「おっと、そこからさきは言いっこなし」

金四郎が振りむいて目配せをすると、例繰方の角中は部屋から消えた。

入れ替わりに、こんがり焼けた軍鶏肉が大きな鋤で運ばれてくる。

「おう、やっと焼けたか。こいつのために、わざわざ足労してやったようなもんだからな。よし、食うぞ。おめえも食え」

「はっ」

金四郎は身を乗りだし、威勢よく肉にかぶりついた。

「……う、美味え」

蔵人介もすすめられるがまま、肉の切片を口に入れる。

歯ごたえのある肉を咀嚼《そしやく》すると、肉汁に舌を蕩《とろ》かされた。

「おれはこれでも、おめえを縁の下から支えているんだぜ」

「はあ」

「わかってんなら、こっちの手伝いもしてほしいもんだな。江戸の町を見渡せば、極悪人どもが大手を振って堂々と暮らしていやがる。そいつらを根こそぎにするにゃ、おおもとを断たなきゃならねえ。おおもとってのは千代田城のことだ。おれに言わせりゃ、伏魔殿《ふくまでん》だぜ。幕閣の中枢に、悪党どもと繋がっている連中がいるってことさ。たとえばのはなし、津軽家の重臣や御用商人とつるんで私腹を肥やしていた糞野郎もいる」

　ぎろっと睨まれ、蔵人介は平静を装った。

「先月、悪党どもは何故か、不審死を遂げた。誰が殺《や》ったのかは、すぐに見当がついたぜ。でもよ、そいつは黒幕を見逃しやがった。そいつが見逃すくれえだから、一筋縄じゃいかねえ相手にちげえねえ。でもよ、おれとおめえが手を組めば、何とかなるかもしれねえぜ。そいつが言いたくてな、軍鶏を食いに来たってわけだ」

　組まぬかと誘われれば、気持ちがぐらりと動く。

　金四郎の探索力をもってすれば、黒幕の正体が判明する公算は大きい。

　だが、蔵人介は安易に首肯《しゅこう》できない。金四郎は胸の裡《うち》に正義を秘めた男だが、一方では策に溺れる弱さもある。橘右近の遺志を継ぐ人物として、頭のてっぺんから爪先まで信じられるかと問われれば、今はまだ首を捻らざるを得なかった。

「ま、今日のところは恩を売るだけにしておこう。へへ、それにしても、あいかわらず美味え軍鶏だぜ」

　涎《よだれ》を垂らす金四郎が、藪《やぶ》から出てきた獣《けもの》にみえる。

　借りをつくったことがよかったのかどうか、蔵人介はしばし考えた。

十

翌日。

不忍池《しのばずのいけ》は凍《い》てつき、水鳥の羽音さえ聞こえてこない。

池之端仲町《いけのはたなかちょう》の露地裏に踏みこむと、生薬《しょうやく》と小便の混じったような臭いが漂っていた。

中条流の堕胎術には、陰門《ほと》に腐った玉子を押しこんだり、水銀を流しこむ手法などがある。母体を傷つけ、死にいたらせることもあるという。

世間から忌《い》み嫌われる中条流は、看板を出さない。

人の弱みにつけこみ、金儲けをする悪党なのだと、多くの医者はおもわれている。

だが、そうでない医者もいることを、蔵人介は知っていた。

「殿のご指示どおり、灘《なだ》の下《くだ》り酒を買ってまいりましたぞ」

串部は口惜しそうに言い、五合徳利を掲げてみせる。

「されど、酒好きとはかぎらぬゆえ、大久保主水《おおくぼもんと》の煉《ね》り羊羹《ようかん》も用意してまいりました。大奥さまがお知りになったら、頭に角《つの》が生えますぞ」

「すでに、生えておるがな」

「ふふ、いかにも。それから、祈願成就《じょうじゅ》の願いを込めて、雨城の楊枝も添えてまいりました」

「ほう、おぬしにしては気が利《き》いておるではないか」

軽口を叩きながら、昼でも薄暗い袋小路のどんつきまで進む。

表口は開いており、内から女の噎《むせ》び泣きが聞こえてきた。

どうやら、処置が終わったところらしい。

世の中には、子を産めぬ事情を持つ女たちも大勢いる。

「先生、ありがとうございました。お金はかならず、お持ちします。用意でき次第かならず」

「いつでもよい。それより、養生《ようじょう》しろ」

「……は、はい」

まだ十四、五の幼い面影の残る娘であった。

道仁らしき医者に泣きながら何度も礼を繰りかえし、表口から逃げるように去っていく。

脈があるかもしれぬと、蔵人介はおもった。

敷居をまたぐと、声だけが聞こえてくる。

「誰かは知らぬが、今日は仕舞いじゃ。治療はせぬぞ」

「道仁どのであられるか」

「ああ、そうだが」

「ちと、尋ねたいことがある」

「尋ねたいことじゃと」

白髪の道仁が、のっそりあらわれた。

手にはやっとこを握り、白衣には血が飛び散っている。

「不浄役人にはみえぬが、何用じゃ」

「そのまえにこれを。灘の下り物にござる」

串部が五合徳利を差しだすと、道仁は途端に顔をほころばせた。

「ついでに甘い物もお持ちしたが、煉り羊羹はお好きであろうか」

「好きも嫌いもあるわけなかろう。煉り羊羹は粉が吹くのを待つがよし。ふふ、ありがたい。何でも聞いてくれ」

道仁は五合徳利と羊羹の箱を抱え、狭い廊下へ誘《いざな》う。

通された部屋は生臭く、おもわず顔をしかめざるを得なかった。

床に痩せた芋が転がっている。

「まさか、それが治療代の代わりではあるまいな」

串部の問いに、道仁は肩を竦《すく》めた。

「何を抜かす。立派な治療代ではないか」

蔵人介は腰を落ちつけ、さっそく切りだした。

「十二年前のはなしだ。下谷の寺町で勃こった武家の妻殺しをおぼえておろうか」

「殺しなんぞ、三日に一度はかならずある。いちいちおぼえておったら、そいつは化け物じゃ」

「殺められた妻の名は寿美、久留里藩の剣術指南役だった者の妻女だ」

「亭主のためにお百度を踏み、辻斬りに斬られたことにされた哀れな女のことか」

「おぼえておるのか」

蔵人介が身を乗りだすと、道仁は遠い目をしてみせる。

「あれは忘れられぬ。悲惨な屍骸じゃった。孕んでおったにもかかわらず、陵辱《りようじよく》されておった。しかも、首を絞められてなあ」

「首を」

「そうじゃ。首を絞められて息絶えたというに、とどめのつもりか、心ノ臓を平青《ひらせい》眼《がん》で串刺しにされておった」

「平青眼で串刺しに」

蔵人介は鸚鵡《おうむ》返しにつぶやき、記憶の隅にある情景と重ねていた。

「あの屍骸を検屍したのは、腐れ同心とわしだけじゃ」

「腐れ同心とは」

「定町廻りの森戸丈四郎じゃ。あやつに睨まれたら、このあたりでは中条流をつづけていけぬ。中条流が無くなれば、さきほどの娘のように困る者も出てこよう」

それゆえ、森戸の都合が良いように、屍骸をみたててやるのだという。

「寿美のときは、どうみたてたのだ」

「辻斬りに殺《や》られたことにしろと言われた。ふん、辻斬りが首を絞めるか。どうせ金を貰って、揉み消しでもはかったのじゃろう」

「森戸が揉み消しを」

「ほかに誰がおる」

道仁は五合徳利の栓を抜き、自分のぶんだけ欠け茶碗に注いだ。

そして、ごくごく喉を鳴らして呑み、ぷはあっと息を吐きだす。

「こいつは美味え。正真正銘の灘の生一本《きいっぽん》ではないか」

「そう言うたであろうが」

串部は怒ったように応じたが、森戸の悪事が証明できれば下り酒など惜しくもない。

「森戸のやつはそのころから、久留里藩と関わりが深かった。付け届けを貰って頼まれたら、たいていのことはする。御用聞きみたいなものさ」

「久留里藩で関わりの深い者の名は」

「佐久間某とか申しておったな。たぶん、そやつに頼まれたのじゃろう」

「下手人については、何か申しておらなんだか」

「はて。そこまではわからぬ」

蔵人介は道仁に礼を言い、薄暗い袋小路をあとにした。

俵田の妻女が陵辱されて殺められた真相は、腐れ同心が知っている。

もちろん、まともに聞いても、こたえは得られまい。

「ひと芝居打つとするか」

蔵人介はつぶやき、串部の厳《いか》ついからだをみた。

十一

同日夕刻、蔵人介のすがたは下谷の寺町にあった。

小金のことばかり考えている不浄役人を呼びだすのは、さほど難しいことではなかった。

佐久間敬吾からの使いと偽って文に一分《ぶ》金を添えておけば、残りの金を貰おうと押っ取り刀でやってくる。そのように企《くわだ》てたところ、森戸丈四郎は疑う様子もなく、文に綴っておいた寺の境内へあらわれた。

「すまぬ、こっちだ」

佐久間家の用人に化けた蔵人介が声を掛ける。

森戸は警戒もせずに近づいてきた。

「おや、いつもの顔とちがうな」

「十二年前、剣術師南役の妻女殺しがあったであろう。あのときと同様の厄介事《やっかいごと》が勃こった。ゆえに、いつもの小者では対応できぬ」

「なるほど、久方ぶりの大仕事というわけか」

「ああ、そうだ。裏の墓地に武家の妻女が死んでおる。陵辱されたうえに、首を絞められてな」

「なるほど、殺ったのはあの若造か」

「そのとおり。十二年前といっしょさ」

「十五で他人の若妻を見初め、淫《みだ》らな気持ちを抑えられなくなり、凶行におよんだ。悪癖というものは、何年経っても直らぬものよ。ふん、こましゃくれた若造であったが、二十七になった今も性根は変わっておるまい」

何となく、下手人の目星はついた。

あとは、不浄役人の口から名を聞くだけだ。

「おぬしの主人もたいへんよな。家名を守るためとは申せ、重臣の尻拭いばかりやらされておる。しかも、十二年前はじつの妹が殺められたと知りながら、みずからすすんで真相に蓋《ふた》をした」

「おかげで、今がある。わしらも甘い汁が吸える」

「ふふ、まったくだ」

森戸はひとしきり笑い、ふっと真顔になる。

「さて、検屍に掛かるまえに、手間賃を決めておかねばなるまい。殺ったのは、貝須賀忠弥でまちがいないな」

「ああ、まちがいない」

蔵人介は、暗闇でにやりと笑う。

伝聞ではあるものの、平青眼で敬次郎の胸を突いた忠弥の手口が、寿美の屍骸にとどめを刺した手口と重なった。

「殺ったのは、貝須賀忠弥だ」

と、吐きすてながら、怒りを必死に抑えこむ。

もしかしたら、忠弥が敬次郎に遺恨試合を申し入れたのは、後ろめたさの裏返しだったのかもしれない。

「ならば、五十両出せ」

「高すぎる。足許をみておるのか」

「冗談ではない。わしが隠蔽《いんぺい》してやったおかげで、貝須賀の父親は藩の中老に昇進できたようなものではないか。わしがおらねば、今ごろは改易の憂き目をみておったはず。ふふ、おぬしの主人は藩の台所を牛耳《ぎゅうじ》っておるのだろう。蔵の金をちょろまかせばよいだけのはなしではないか」

「わかった。されば、検屍を」

蔵人介に誘われ、森戸は本堂の裏手にある墓地へやってきた。

「あれだ」

龕灯《がんどう》を翳《かざ》してやる。

花柄の着物を纏った人影がみえた。

「俯《うつぶ》せだな」

森戸はゆっくり近づき、屍骸《むくろ》のそばに屈《かが》みこむ。

「墓石を抱いておるようにみえるぞ。ん、よいしょ」

屍骸をひっくり返そうとしたものの、びくともしない。

「重いおなごだな。まるで、岩のようだぞ」

顔を覗こうとしても、暗すぎてよくみえない。

「すまぬが、灯《あか》りを照らしてくれ」

「こうか」

蔵人介は屍骸の顔ではなく、墓石に龕灯をかたむけた。

白々と浮かびあがった墓石には「森戸家」と彫られている。

「何だ、これは。縁起が悪いな」

悪態を吐いた瞬間、岩のような「女」がごろんと転がった。

「ぬわっ」

屍骸は眸子《まなこ》を瞠《みは》り、鋭い眼光で睨みつける。

仰《の》け反《ぞ》った森戸は襟首を摑まれ、力任せに引きよせられた。

「うわっ、放せ」

引きよせた「女」の正体は、串部にほかならない。

太い二の腕を相手の首にまわし、ぎゅっと力を込めた。

「ぐぶっ」

森戸はばたついたが、串部は首を放さない。

万力のごとく締めつけると、不浄役人は動かなくなった。

「ご安心を。死んではおりませぬ。首の骨を折ってもようござりましたが、まだ使い道がありそうですからな」

不浄役人を生かすも殺すも鬼役の考えひとつ、金四郎もみてみぬふりをしてくれるにちがいない。

ともあれ、妻殺しの仇はあきらかとなった。

十二年前に息子の卑劣《ひれつ》な行状《ぎょうじょう》を隠蔽した重臣も、隠蔽に加担した情けの欠片《かけら》もない兄も、同罪であろう。けっして、許すことはできない。

「さて」

つぎの一手はどう出るか、まずは俵田に仇の正体を告げるかどうか、蔵人介は迷っていた。

十二

蔵人介が迷っているあいだに、俵田三左衛門は果たし状をしたためた。

――二十二日夕七つ、南蔵院北砂利場にて待つ。

貝須賀忠弥に宛《あ》てて、尋常な勝負を申し入れたのだ。

忠弥が妻の仇であることを、俵田は知らない。

あくまでも、目途は敬次郎の仇討ちであった。

妻の仇と知れば、動揺するにちがいない。

それゆえ、蔵人介は告げる機会を失っていた。

「矢背どの、わしには知りあいもおらぬ。見届人《みとどけにん》になってはもらえまいか」

無論、ふたつ返事で諾《だく》し、串部とともに南蔵院《なんぞういん》をめざした。

雑司ヶ谷からは清戸道を横切り、宿坂《しゅくざか》をひたすら下って、神田《かんだ》上水に架かる姿《すがた》見橋《みのはし》へ向かう。

途中、南蔵院の杜《もり》がみえてくる手前に、足場の悪い空き地があった。

「砂利場《じゃりば》にござります」

白い息を吐く串部は、後ろ手に縛った不浄役人を連れている。

「されば、それがしはこのあたりで待機しております」

「ふむ、頃合いをみはからって、そやつを連れてこい」

「承知いたしました。妙なまねをするようなら、斬って捨てまする」

串部に睨まれ、森戸丈四郎は撲《なぐ》られて腫れた瞼《まぶた》をこじ開けた。

猿轡《さるぐつわ》を嚙ませてあるので、懸命にふがふが言っている。

「どうした、命だけは助けてほしいのか」

串部のことばに、何度もうなずく。

もはや、牙をぬかれたも同然だった。

蔵人介はひとり、空き地へ向かった。

約束の刻限までは、まだ少しの暇《いとま》がある。

砂利を踏みしめていくと、枯れ木を背にして筒袖姿の俵田が立っていた。

「矢背どの、よう来てくれた」

「来ずにはおられますまい」

「せっかく来てもらって申し訳ないが、手出しは無用に願いたい」

「わかっております。それがしは見届人として罷《まか》り越したまで」

「かたじけない」

「されど、敵が尋常な勝負をするとはかぎりませぬぞ。俵田さまの力量は、誰もが知っておりましょうからな」

「大人数で押しよせてくるやもしれぬ。まあ、そのときはそのとき。ぬはは」

豪快に笑う老侍の喉ちんこをみつめ、蔵人介は真相を告げるか告げまいか、まだ迷っていた。

「俵田どの」

いよいよ決意を固めて言いかけたところへ、串部が駆けてくる。

不浄役人の森戸はおおかた、灌木《かんぼく》か何かに縛りつけてきたのだろう。

「殿、敵は大人数でござるぞ」

串部の背後から、捕り方装束の藩士たちがあらわれた。

「うおおお」

先頭で雄叫《おたけ》びをあげているのは、貝須賀忠弥にまちがいない。

「やはり、尋常な勝負をする気はないようだな」

蔵人介は身構えた途端、俵田に制止される。

「矢背どの、手出しは無用にござる」

「えっ」

俵田はいつのまにか、木刀を握っていた。

「藩士を斬るわけにはいかぬ。こうしたこともあろうかと、手垢の染みついた木刀を携えてきたのでござるよ。老い耄れの剣舞い、とくとご覧《ろう》じあれ」

俵田はにっと前歯を剝き、藩士たちのただなかへ突っこんでいった。

「速い」

串部とも擦れちがい、泥濘《ぬか》るんだ砂利道をものともせずに駆けていく。

「来おったぞ。刀を抜け」

「うおっ」

突如、喊声《かんせい》とも怒声ともつかぬ轟音《ごうおん》が騰《わ》きあがる。

一斉に抜刀した者の数は、二十を優に超えていよう。

いずれも若い。これから藩を背負ってたたねばならぬ連中だ。

俵田は抜刀隊の真ん中に躍りこむや、三人まとめて木刀で打ちのめす。

悲鳴とともに三人は倒れ、隙《すき》を衝《つ》こうとした四人目も一撃で倒された。

俵田の強さは、予想を遥かに超えている。

文字どおり、舞っているかのようだった。

額、首筋、鳩尾と、急所を的確に打つたびに、藩士たちは地べたに転がった。

仇となる貝須賀忠弥は、いつの間にか、最後方へ退《さ》がっている。

俵田が半数余りを打ちのめしたとき、砂利場の入口に新手があらわれた。

十人ほどの藩士たちは、いずれも手に筒を抱えている。

陣頭指揮を執《と》るのは、佐久間敬吾であった。

算盤《そろばん》を弾くのが役目のはずなのに、漫然《まんぜん》と待っていられなくなったのか、筒組《つつぐみ》の連中を掻き集めてきたのだ。

「三左衛門、そこまでだ」

佐久間敬吾は大声を張りあげ、筒組を一列横隊に並ばせる。

「ぬへへ、佐久間よ、遅かったな」

忠弥は年長者に向かって生意気な口を叩き、抜刀隊の残りを後ろに控えさせた。

俵田は肩で大きく息をしながらも、佐久間に食ってかかる。

「邪魔だていたすな。そやつは敬次郎の仇ぞ。本来なら、おぬしが仇討ちをせねばなるまい。逆縁だろうと何だろうと、血の繋がった息子が汚い手口で殺められたら、きっちり決着をつけるのが父親のつとめであろう」

「黙れ、敬次郎は暴漢どもに殺られたのだ。忠弥どのには、何ひとつ罪はない。三左衛門よ、おぬしは取り返しのつかぬことをしでかしてくれた。この場で腹を切ると申すなら、忠弥どのに頼んでやってもよい。腹を切らぬと突っ張るなら、鉛弾を喰《くら》うまでだ。さあ、どういたす」

忠弥が叫んだ。

「切腹なんぞさせぬぞ。あやつめは、わしが八つ裂きにしてくれるわ」

「のぞむところ」

面前に飛びだしてきた忠弥を、俵田は睨みつける。

と、そこへ、蔵人介が割ってはいった。

「お待ちを。ここではっきりさせておきたいことがござる」

「何じゃ、おぬしは」

忠弥の問いに、蔵人介は堂々とこたえた。

「俵田どのに見届けを頼まれた者だ。おぬしは敬次郎どのの仇であると同時に、寿美どのの仇でもある」

「何だと」

驚いたのは、俵田のほうだった。

蔵人介が大きくうなずくと、串部が筒組の後方から不浄役人を引きずってきた。

「……お、おぬしは、森戸丈四郎ではないか」

今度は、佐久間敬吾が驚く番だ。

蔵人介は藩士たちにも聞こえるように、大声を張りあげた。

「貝須賀忠弥、おぬしは十二年前、寿美どのを陵辱して首を絞めたあげく、とどめと称して心ノ臓を刺突した。露見すれば、おぬしのみならず、貝須賀家は改易の憂き目をみる。おぬしの父親はそれを避けるべく、寿美どのの実兄である佐久間敬吾とはかり、不浄役人を使って隠蔽した」

すべて、不浄役人の森戸が吐いた内容だ。

「もはや、言い逃れはできぬぞ」

「ぬひゃひゃ、言い逃れなんぞする気はない」

忠弥は吠えた。

「寿美どのを遠目でみておったら、むらむらしてきおってな。お百度参りの帰りを待ちぶせ、念願を叶えたというわけさ。へへ、寿美どのは身悶《みもだ》えしておったぞ。俵田よ、おぬしはなかば物狂いとなり、藩を捨てたのだったな。あのとき、おぬしに遺恨試合を仕掛けさせたのは、わしの父だ。貝須賀大膳なんだよ」

「何だと」

「剣術指南役のおぬしに、疑われるのを恐れた。ゆえに、手っ取り早く藩から放逐《ほうちく》したのさ。おぬしは十二年ものあいだ、仇のまぼろしを追いつづけた。目と鼻のさきに仇がおるとも知らずにな」

「忠弥どの、おやめなされ」

佐久間の制止を聞かず、忠弥は喋りつづける。

「驚いたのは、そこにおる佐久間敬吾さ。わしのせいで、じつの妹が酷い死にざまを晒したにもかかわらず、わしの父の顔色を窺い、不浄役人を使って辻斬りのせいにしおった。俵田三左衛門よ、おぬしは義兄にまんまと騙されたのさ」

俵田は顔色ひとつ変えず、じっと耳をかたむけている。

佐久間が叫んだ。

「忠弥どの、戯《ざ》れ言《ごと》もほどほどにしなされ」

筒組は横一列に並び、俵田に照準を合わせている。

「三左衛門、もはや、これまでじゃ」

佐久間は叫び、右手を上にあげた。

「放て」

おもわず、蔵人介は目を瞑る。

だが、筒音は聞こえてこない。

筒組の連中は、一斉に筒口を下げた。

「おぬしら、上役の命にしたがえぬと申すか」

佐久間は怒りあげ、跪《ひざまず》く藩士のひとりを蹴倒す。

一方、貝須賀忠弥の周囲でも異変が勃こっていた。

俵田がゆっくり近づいても、誰ひとり動こうとしない。

逆しまに、忠弥の退路を塞《ふさ》いでいるかのようでもあった。

「おぬしら、裏切るのか」

忠弥は狼狽《うろた》えつつも、腰の刀を抜きはなつ。

俵田は木刀を捨て、こちらも本身を抜いた。

「若造、来い。一撃で仕留めてやる」

「抜かせ、老い耄《ぼ》れ」

忠弥は地を蹴り、頭から突進してきた。

「ぬおっ、死ね」
結界《けっかい》を破り、大上段から斬りつけてくる。
刹那《せつな》、俵田は飛蝗《ばった》のごとく跳ねた。
抜きつけだ。
全身刃《やいば》と化し、刺突を繰りだしたのである。
「ぬげっ」
切っ先は忠弥の喉を深々と貫いていた。
まさに、一撃である。
誰もが息を詰め、鮮血が雨と降る光景をみつめていた。
蔵人介でさえも、目を釘付けにされている。
屍骸となった忠弥が、どっと倒れた。
――ぱん。
と同時に、乾いた筒音が砂利場に響いた。
振りかえれば、佐久間が筒を抱えている。
筒組の士卒《しそつ》から奪ったのであろう。
白煙を吹く筒を抛《ほう》り、佐久間は両膝を落とした。

そして、襟を左右に開き、みずからの腹を晒す。

止める暇もない。

抜いた脇差を逆しまに握り、腹の右端に突きたてる。

「ぬぐっ」

腹を真一文字に裂ききり、血のかたまりを吐いた。

めまぐるしく変わる情況に、誰もついていけない。

佐久間敬吾は筒を放ち、腹を切ってみせたのである。

惨劇はしかし、それで終わりではなかった。

俵田三左衛門が、仰向けに倒れている。

「……た、俵田どの」

蔵人介は駆け寄り、俵田の肩を引き起こした。

傷痕を調べるまでもなく、臍《へそ》の下に風穴が空いている。

佐久間の放った鉛弾は、的確に腹を撃ちぬいていたのだ。

「俵田どの、しっかりいたせ」

頬を平手で叩くと、俵田は薄目を開けた。

「……こ、このあたりで……よ、よかろう」

「まだ終わっておらぬ。仇討ちはまだ」

「……そ、そやつ……ほ、鉾露離剣《ほうろりけん》の……つ、遣い手じゃ……た、頼む」

俵田は蔵人介の袖を握ったまま、かくんと頭を垂れた。

「待ってくれ、俵田どの」

志乃にどう言い訳すればよいのか、考えあぐねた。

様子をみつめる藩士のなかには、噎《むせ》び泣いている者もいる。

俵田三左衛門の名声を知る者ならば、十二年という歳月の重さをおもわずにはいられまい。

だが、藩士たちには何もできぬであろう。

何かを為《な》そうとして蹶起《けっき》しても、潰されるに決まっている。

おそらく、高みで見物している悪党は盤石《ばんじゃく》なままでいよう。

金と地位さえあれば、たいていは戯れ言や世迷《よま》い言《ごと》で済ますことができるのだ。

「許すべからず」

屍骸となった老侍の重みを感じながら、蔵人介は討つべき相手の相貌を脳裏に浮かべていた。

十三

志乃の悲しみは深く、落ちこむ様子をみているだけで辛くなった。

それでも、何があっても、暦だけは進んでいく。

霜月《しもつき》は十五日が七五三、二十四日は二ノ酉《とり》で、二十八日は本願寺《ほんがんじ》のお講と、市中の行事が賑やかにつづいた。初雪が降って寒の入りともなれば、信州《しんしゅう》や越後から「椋鳥《むくどり》」と揶揄《やゆ》される出稼人《でかせぎにん》が大挙《たいきょ》して押しよせ、飯炊きや番太《ばんた》などをやって稼ぎながら梅の咲くころまで江戸に居座る。

一方、千代田城ではこれといった行事もない。

南部家領内で産する馬の上覧《じょうらん》や番方《ばんかた》の騎射《きしゃ》上覧などが吹上《ふきあげ》御庭で催されたが、公方にしてみれば気晴らしにすぎなかった。

それでも、連日、城内は何かと忙《せわ》しない。

ことに、奏者番を務める大名衆は気が抜けず、控えの芙蓉之間で居眠りすることすら許されなかった。

二十五日、本日は公方への初見を願う者たちが百名を超え、午前中だけでは捌《さば》ききれぬため、昼食を挟んで午後も大広間にて目見得の儀式が催されるはこびとなった。儀式の進行役は大目付、目付ならびに奏者番数名からなり、御側御用取次の宇郷対馬守がとりまとめ役となる。

　奏者番のなかでも若輩者の黒田豊前守は、段取りをおぼえるのに必死だった。

　芙蓉之間外の廊下には、押合《おしあい》と呼ばれる奏者番諸家の重臣たちがひとりずつ控えている。殿さまにとっては押合だけが唯一の味方、豊前守が頼るべきは、久留里藩黒田家きっての切れ者と評される貝須賀大膳であった。

「大膳、午前の初見は無事に乗りきったぞ」

　若い殿さまが胸を張ると、大膳も笑いながら応じた。

「御書院番に列する御旗本の御子弟八十二名のうち、二十三名の御姓名をよくぞご記憶なされましたな。それがしも廊下にて拝聴しておりましたが、ただのひとつも誤りはござりませんでした」

「対馬守さまからも、お褒めのことばを頂戴したぞ」

「それはまことに、誉《ほま》れ高きことにござります」

　宇郷対馬守は午前中に二度ほど、芙蓉之間を訪れていた。二度目に廊下へあらわれたとき、大膳は中腰で側に近寄り、袖のなかに金子のかたまりを滑りこませた。

阿吽《あうん》の呼吸で双方は近づき、何事もなかったかのように離れていった。日頃から懇意にしていなければ、それほどの芸当はできまい。

豊前守はまだ、そうしたことには疎いようだった。

「ふむ。して、これからの段取りはどうなっておる」

「昼餉に御膳所より弁当が配られます。それをお食べいただき、しかるのちに御大名衆の取次《とりつぎ》をしていただかねばなりませぬ」

「誰と誰をおぼえればよい」

「そこはまだ、昼餉を終えたころにはお知らせできるかと」

「ちと心配ゆえ、あらかたの説明をせよ」

「はっ、されば」

貝須賀大膳は用意してあった書付《かきつけ》を眺め、淀みなくすらすらと説きはじめた。

安房《あわ》国勝山《かつやま》藩を治める大名の挨拶、大和《やまと》国高取《たかとり》藩の城主が隠居にともなって次男と三男への分地が許されたことへの挨拶、下野《しもつけ》国黒羽《くろばね》の城主が大坂城警備の任を無事に終えたことの挨拶、下野国烏山《からすやま》城主が遺領を相続したことの挨拶などが予定されており、各々に太刀や『古今集《こきんしゆう》』や墨蹟《ぼくせき》などの献上品が目録として届けられ、公方から返礼される品々も相手の格式に応じて取り決めてあった。

煩雑《はんざつ》すぎて、一度聞いただけでおぼえられるはずもない。

「大膳よ、ちと心配になってきたぞ」

「このうち、せいぜい御大名衆の御姓名をふたつほど、ご記憶いただければよいだけのはなしにござります。大膳めがいつもお側に従《つ》いておりますゆえ、どうかご安心を」

「頼りにしておるぞ」

「はは」

癇《かん》の強そうな若殿に向かって、老練な臣下が平伏している。

ふたりの様子を、廊下の片隅からみつめる人影があった。

蔵人介である。

やがて、にわかに廊下が騒がしくなり、表《おもて》坊主の先導で肩衣半袴《かたぎぬはんばかま》の侍たちがあらわれた。

侍たちはいずれも、両手に岡持《おかもち》を抱えている。

岡持のなかには、小判《こばん》形の曲げ物が詰めこまれているはずだった。

通常、弁当は表坊主が手配りするのだが、あまりに数が多いときは御膳所の小役人たちが駆りだされるのである。

蔵人介は知らぬ間に紛れこみ、弁当の手配役になっている。

「どうぞ、こちらを。美味しい鯛飯《たいめし》にございます」

曲げ物をさり気なく手渡した相手は、廊下の隅に控える貝須賀大膳にほかならない。

大膳は疑うこともなく弁当を受けとり、礼もせずに曲げ物の蓋を開けた。

「ほう、これは美味そうじゃな」

遅れて応じたところで、蔵人介のすがたは消えている。

誰ひとり、鬼役が混じっていることに気づいた者はいなかった。

それから半刻も経たぬうちに、御膳所脇の厠《かわや》へ駆けこんでくる者があった。

貝須賀大膳その人である。

死にそうな顔で脇腹を抱え、脂汗を垂らし、厠に駆けこむや、臭い壁にもたれかかるように吐瀉《としゃ》しはじめた。

「いかがなされた」

背後から影のように忍びよったのは、蔵人介である。

親切そうな顔で背中をさすり、耳許で囁いてやった。

「腐った鯛のお味はいかが」

「何だと」

大膳は殺気を帯び、振りかえりざまに脇差を抜きはなつ。

あまりに素早く、蔵人介でさえも避けることはできない。

脇差の切っ先は確実に、左胸のまんなかを突いていた。

ところが、突きとおすことができず、引きぬくこともかなわない。

「それが鉾露離剣《ほうろりけん》か。邪道《じやどう》の剣にすぎぬな」

「……お、おぬし……な、何者じゃ」

「問答無用」

言うが早いか、蔵人介は大膳の顔に濡れた布を巻きつける。

縛りつけて解《ほど》けぬようにし、鳩尾に拳を埋めこんだ。

「うっ」

胃袋から迫《せ》りあがった吐瀉物を外に吐きだす術《すべ》がない。

藻掻《もが》く大膳に向かって、蔵人介は静かに言った。

「それがし、俵田三左衛門どのの剣友でござる。ご遺言により、死んでもらう」

蔵人介の胸には、分厚い俎板《まないた》が隠されていた。

襟を開いて俎板を外し、刺さった脇差を引きぬく。

脇差を使うまでもない。

息の止まった大膳はへたりこみ、糞尿の混じった汚水のなかへ沈んでいく。

顔に張りついた布を解き、脇差を抛る。

蔵人介は振り返りもせず、厠から影のように去っていった。

芙蓉之間外の廊下へ舞いもどると、久留里藩の殿さまが途方に暮れたように佇んでいる。

その背後へ、先立《さきだち》の表坊主がやってきた。

「しぃ、しぃ、しぃ、しぃ」

妙な声を発しながら、鼠でも追いはらうような仕種《しぐさ》をする。

偉い人物の登場を報《しら》せているのだ。

「お邪魔ですぞ、お邪魔ですぞ」

表坊主が囁いても、豊前守は気づかない。

尊大な風情であらわれたのは、御側御用取次の宇郷対馬守であった。

廊下の端に平伏す大名や家臣たちを睥睨《へいげい》し、長裃《ながかみしも》を引きずりながら大広間へとつづく廊下を進んでくる。

対馬守の行く手には、豊前守の背中がみえた。

「ええい、退けい」

傲慢《ごうまん》な御側御用取次は若殿の襟首を摑み、廊下の脇へ退けさせる。

城内の序列で格上とはいえ、さすがに旗本が大名をないがしろにするのは好ましくない。だが、周囲の誰ひとりとして抗おうともせず、それどころか、若い藩主は不手際《ふてぎわ》を責められた。この日、蒼醒めた黒田豊前守は芙蓉之間から一歩も出ず、午後の役目を全《まっと》うすることができなかったという。

蔵人介は役目を終え、つい今し方、内桜田御門から出てきたところだ。

右手を仰げば曇天《どんてん》を背に、蓮池巽櫓《はすいけたつみやぐら》が悠揚《ゆうよう》と聳《そび》えていた。

夕風に吹かれながら蛤濠《はまぐりぼり》の濠端を歩き、ふと水面を見下ろせば、二羽の水鳥が浮かんでいる。

「おしどりか」

番《つが》いであろう。

寒風に裾を攫《さら》われても、しばらくは動くことができなかった。

俵田三左衛門に草葉の蔭から、囁かれたように感じたからだ。

「殿さまを傷つけるようなまねだけはしてくれるな」

と、俵田なら文句を垂れたにちがいない。

だが、これも立派な藩主になるための修行だと、蔵人介はおもっていた。

たとい、奏者番の職を解かれたとしても、豊前守が臣下に頼らずに一本立ちしてくれたら、それでよいではないか。頼られた臣下の多くは悪事に走り、みずから権限を集めようとする。そのせいで迷惑をこうむる者たちも少なからずいるのだと、一国を統《す》べる者ならば知っておかねばなるまい。

道理のわからぬ為政者《いせいしゃ》にならぬよう、灸《きゅう》を据《す》えてやったのだと、蔵人介はみずからに言い聞かせた。

本丸御殿をあとにしてからは、中雀《ちゅうじゃく》御門、中之御門、百人番所《ひゃくにんばんしょ》のまえを通過して下乗《げじょう》御門の別称で呼ばれる大手三之御門、さらには腰掛《こしかけ》や大番所のまえを通過して内桜田御門を潜りぬけてきた。

背後に妙な気配《けはい》を察したのは、中雀御門を潜ったあたりだ。

何度か振りむいたが、怪しい人影はなかった。

今も内桜田御門に番士以外の人影はなく、大名小路のほうも人っ子ひとり歩いていない。

ただ、妙な気配だけがわだかまっている。

「……はらひはらひ、ひらひらとはらひ」

何処からか、竈祓《かまどはら》いの呪文が聞こえてきた。

「教えてくだされ」

水面に浮かぶおしどりに問うても、こたえは返ってこない。

しばらくすると、怪しい気配は消え、呪文も聞こえなくなった。

柊侍《ひいらぎ》

一

師走《しわす》三日。

筑後《ちくご》国柳川《やながわ》藩十万九千石の江戸留守居役《るすいやく》、薦野作兵衛《こものさくべえ》と言えば、音に聞こえた硬骨漢《こうこつかん》である。

一方では幕府との難しい交渉の矢面《やおもて》に立ち、また一方では齢十六の立花鑑備《たちばなあきのぶ》公を支える傅役《もりやく》として藩政へも的確な助言をし、藩士たちからの信頼が厚いだけでなく、好々爺《こうこうや》のごとき風貌《ふうぼう》が親しまれてもいた。

みずからを売りこむようなまねはせず、どちらかと言えば控えめなほうだが、主張すべきときは一歩も退《ひ》かず、魂を込めて主張する。そんな薦野のことを諸藩の留守居役たちは「柊」と敬意をもって呼んだ。

冬の枯れ野にすっくと立つ、孤高《ここう》のごとき風情がぴたりと重なるらしい。

そんな薦野作兵衛が江戸城内にて、前代未聞の行動に打って出た。

詰所の蘇鉄《そてつ》之間にひとりで立てこもり、一歩も出てこないのである。

すでに、一昼夜が経過していた。

幸か不幸か、公方家慶は流感《りゅうかん》に罹《かか》り、中奥御休息之間《ごきゅうそくのま》で臥《ふ》せっている。

公方の知らぬ間に解決してしまおうと、水野忠邦《みずのただくに》以下の幕閣《ばっかく》重臣たちは考えているようだった。

だが、容易には踏みこめない。

立てこもりに打って出た以上、死をも厭《いと》わぬ覚悟を決めていよう。

しかも、薦野は冨田《とだ》流小太刀《こだち》の達人として知られていた。

下手に踏みこめば、蘇鉄之間が血の海になりかねない。

そうした事態だけは何としてでも避けねばならなかった。

「どうにか穏便《おんびん》に済ませられぬものか」

一睡もできずに髭まで伸びてしまった水野忠邦は、側近に嘆いてみせたという。

なお、薦野に従《つ》きそわれて登城していた殿さまの鑑備は、定めにしたがって内桜田御門外の屯所《とんしょ》脇にある水野邸で預かることとなった。厄介事が解決しないかぎり、下谷御徒町《おかちまち》の上屋敷に戻ることは許されず、不安な一夜を過ごしたにちがいなかった。

ともあれ、鳶野の要求を聞かぬことには、はなしが前へ進まない。

立てこもりから二日目の朝五つ（午前八時）頃、留守居役に触れを伝達する役目の大目付、戸賀崎備後守義貞《とがさきびんごのかみよしさだ》が襖越しに声を掛けた。

「作兵衛よ、望むことあらば申してみよ」

「されば」

と、掠《かす》れもせぬ凛とした声が返ってくる。

「塩結びをひとつ」

「何じゃと」

「それから、猫舌《ねこじた》ゆえ、温《ぬる》い茶も一杯」

「戯《ざ》れておるのか、作兵衛」

備後守はもう少しで脇差を抜くところであったが、背後の目付から羽交い締めにされて自重《じちょう》した。

殿中で刀を抜けば、どのような高位にある者でも処罰を免れない。

ゆえに、いざとなれば、刀を抜く者などいなくなる。

薦野は熟考したすえに、盲点を衝いたのだった。

「存外にお城は、立てこもりに適したところかもしれぬ」

などと、感心する向きもあったが、肝心の目途が判然としない。

いったい、何のための暴挙なのか。

このままでは、薦野ひとりの処罰ではすまなくなる。柳川藩も減封《げんぽう》を免れず、最悪、立花家は改易《かいえき》を申し渡されるかもしれなかった。

何かよほどの要求があるのだろうと、幕閣の重臣たちはいぶかしんだ。

薦野にかぎらず、諸藩の留守居役と関わりの浅からぬ重臣は何人もいる。留守居役たちは常日頃から多額の賄賂《まいない》を贈り、夜は芸者や幇間《ほうかん》をあげて酒宴を催し、藩の負担を少しでも減らしてもらおうと腐心《ふしん》する。心当たりのある重臣たちは今ごろ、冷や汗を掻いているはずだった。

薦野は塩結びと茶を要求するにあたって、毒味役に膳を運ばせてほしいとも言った。

もちろん、毒を盛られるのを警戒してのことだ。

「食い物に毒を盛るのはどうであろう」

ちょうど、水野も同じことを画策《かくさく》していたらしく、先手を打たれた恰好となった。

重要な毒味役に抜擢《ばってき》されたのは、御膳奉行の蔵人介である。

「死地にのぞむ鬼役なら、矢背蔵人介をおいてほかにはおらぬ」

誰もが一致したこたえを出し、水野も厳しい顔で首肯《しゅこう》した。

塩結びと茶を配膳する際、蔵人介はわざわざ老中首座の御用部屋へ呼びつけられ、水野から直々《じきじき》に命を受けた。

「矢背蔵人介、おぬしは幕臣随一の剣客でもあったな。そこでじゃ、ひとつやってほしいことがある」

「はっ」

平伏《ひれふ》す蔵人介をじっとみつめ、水野は伸びた髭をぞろりと撫でた。

「蔦野を誘い、脇差を抜かせよ。しかるのちに、蔦野を成敗し、切腹にみせかけるのじゃ」

「蘇鉄之間が血で穢《けが》されてしまいまするが」

「致し方あるまい。それとも、ほかに手があるとでも」

「畏れながら」

蔵人介は、すっと顔を持ちあげた。

「御留守居役には、それなりのお考えがおありかと」

存念を述べるや、水野は癇癪《かんしゃく》を起こしかける。

「一介の鬼役風情が、不届き者から要求を聞きだすと申すか」

「お任せいただきたく存じまする」

「ほほう、たいした自信じゃな。聞きだせなんだときはどうする。薦野を斬るか」

「お望みどおりに」

「失敗《しくじ》れば、おぬしの命もないぞ」

「もとより、命は捨てる覚悟でまいります」

「よう言うた。それでこそ、今は亡き橘右近が見込んだ男じゃ。噂にも聞いたことがある。中奥には隠密働きをする鬼が一匹潜んでおるとなあ」

蔵人介は身じろぎもしない。

「ただの噂にござりましょう」

水野は鼻白《はなじろ》んだ顔をする。

「ふん、権威にも靡《なび》かぬか。この一件を解決いたさば、何かひとつ望みを叶えてやってもよいぞ」

「ありがたき幸せ。されど、望みはただひとつ、笹之間でのお役目を全うさせていただきとうございます」

「死ぬまで、毒味をつづけるとな」

「はい」

「ぬはは、風変わりな男よの。まあよい、望みは叶えてつかわそう」

「はっ」

蔵人介は平伏し、御用部屋から退出する。

笹之間へ戻ると、塩結びと温い茶だけを載せた膳が用意されていた。

小納戸頭取《こなんどとうどり》の今泉益勝《いまいずみますかつ》が部屋にあらわれ、言い訳がましい台詞《せりふ》を吐く。

「わしがおぬしを推挽《すいばん》したわけではないぞ」

地獄の鬼に会いにいくとでも考えているのだろうか。

相番の逸見鍋五郎《はやみなべごろう》は身を寄せ、火消人足《ひけし》の女房のように鑽火《きりび》を切るまねをした。

「立《た》ち居振《いふ》るまいから精神のありようまで、常日頃から矢背さまには感服《かんぷく》いたしております。どうか、ご無事で。お役目が首尾よく終わるよう、笹之間で祈っておりまする」

まるで、今生《こんじょう》の別れのごとく告げ、目に涙まで浮かべてみせる。

さらに、部屋を出ると、小姓《こしょう》のひとりに御膳所のほうへ誘われた。

小役人や包丁人たちが、土間いっぱいに整然と並んで待ちかまえている。

「矢背さま、結びは固めに握っておきましたぞ」

親しい包丁人が胸を張った。

「いざというときは、塩結びを口に突っこんでおやりなされ」

冗談を言ったつもりだろうが、誰も笑わない。

蔵人介は軽く一礼し、あっさり踵《きびす》を返した。

大袈裟《おおげさ》に考えているのは周囲の連中だけで、本人はそれほど深刻にとらえていない。

命じられたことを淡々とこなす。それ以上でも以下でもなく、緊張しすぎて萎《い》縮《しゅく》したり、気持ちが昂《たか》ぶることもなかった。

それでも、土圭《とけい》之間から蘇鉄之間にいたる廊下は、いつもより長く感じられた。

広い廊下の左右には、幕閣の重臣や諸大名たちがずらりと並んでいる。

多くは同情の眼差しを向けてきたが、小莫迦《こばか》にしたように冷めた眼差しを送ってくる者もあった。

たとえば、南町奉行の鳥居耀蔵《とりいようぞう》などもそのひとりだ。

——鬼役づれめ、おぬしに何ができる。

とでも言いたげな面《かお》つきであった。

水野から直に命を下されたと知り、嫉妬《しっと》に駆られているのだろう。

少し離れたところには、北町奉行の遠山景元《とおやまかげもと》も立っていた。

いつもの着流しではなく、凜々《りり》しい裃姿だ。

「あとで顚末を教えろ」

声を出さずに、唇を読ませようとする。

「気張ってこいよ」

蔵人介は目顔で応じ、大広間の手前に位置する蘇鉄之間へたどりついた。

目付たちが腕自慢の配下を何人も連れ、廊下に待機している。

最後に声を掛けてきたのは、大目付の戸賀崎備後守であった。

「おぬしが矢背蔵人介か」

役料三千石の大目付から直々に声を掛けられることなど、通常ならばあり得ぬはなしだ。

黙ってうなずくと、戸賀崎はごくっと唾を呑みこんだ。

「御老中に命じられたこと、しかと肝に銘じておろうな」

「はっ」

戸賀崎はあきらかに、流血沙汰を想定していた。

「相手は小太刀の達人、狭屋《せばや》では向こうが優位じゃ。勝てる自信はあるか」

あるともないとも言えずに黙りこむと、不満げに声を荒らげてみせる。

「矢背蔵人介ここにあり、というほどの気迫をみせよ」

「はあ、されど」

「されど、何じゃ」

「畏れながら、それがしのお役目は塩結びの配膳にござります」

がくっと肩を落とし、戸賀崎は「行け」と顎をしゃくった。

蔵人介は一礼し、膳をかたむけぬように片膝をつく。

「御免。塩結びをお持ちいたしました」

相手の気配を探りつつ、襖のほうへ手を伸ばした。

二

部屋に一歩踏みこんだとき、蔵人介は静謐《せいひつ》な湖面へ小舟で漕ぎだしたような心地になった。

小舟が向かうさきには小島があり、小柄な老臣が座っている。背に立つ柊も老木だが、艶《つや》めいた葉にはぎざぎざの棘《とげ》があった。

蔦野作兵衛という人物の反骨が、棘のある木を連想させるのか。

顴骨《かんこつ》の張ったぎょろ目の古武士を想像していたが、床の間を背にして座る蔦野は撫で肩で鬢《びん》の白い好々爺にすぎなかった。

しかれども、底光りする眼差しの奥には、強靭《きょうじん》な怒りを秘めている。

蔵人介は対座し、膳を膝前に置いた。

「されば、御無礼つかまつる」

素手で塩結びを取り、ぱくりとひと口食べてみせる。

さらに、塩結びを置いて指についた米粒を食い、かたわらの温い茶をずずっとひと口啜った。

蔦野はひとことも発せず、じっと蔵人介の所作《しょさ》をみつめている。

そして、膳が膝前に寄せられると、こくっとうなずいて微笑んだ。

「見事じゃ。貴公が矢背蔵人介どのか」

「はっ」

「美しい所作の鬼役が中奥にひとりおると、留守居役同士の雑談で耳にしたことがあった。それゆえ、おぬしが参じてくれるのを、心の片隅では期待しておったのじゃ」

発すると同時に、蔦野はぐうっと腹の虫を鳴らす。

「人とは正直な生き物よのう。死ぬる覚悟を決めても、腹はちゃんと減りよる」

蔦野は塩結びを取り、ぱくっと齧りついた。

そこからさきは止まらない。鼻をふがふがさせながら、必死に結びに食らいつく。

仕舞いには喉を詰まらせ、ぶっと米のかたまりを吐き散らし、茶碗を急いで摑むや、温い茶を一気に呑み干した。

「ぷふうっ」

長々と嘆息し、畳に散った米粒を拾って食べる。

おもしろすぎる御仁だなと、蔵人介はおもった。

ようやく落ちついたところで、蔦野は襟を正す。

一瞬、蔵人介の目が脇差に向けられた。

「やはり、脇差が気になるか」

「いいえ」

「正直に申すがよい。水野さまに、わしを斬れと命じられたのであろう。ふふ、こたえずともよいさ。わしは斬られて当然のことをしておる」

剣術を極めた者は対峙した瞬間、相手の力量を看破《かんぱ》するという。

「わしのみたては五分《ぶ》と五分。矢背どのはいかがか」

「仰せのとおりにござる」

「やはりな、そうであろう」

薦野は嬉しげに言い、脇差の柄を叩いた。

「これは長船長光《おさふねながみつ》の備前刀、上杉謙信《うえすぎけんしん》公の差料《さしりよう》と同じ刀工が鍛えた代物《しろもの》でな、家宝ゆえに平常《ふだん》は家の蔵にしまってある。それを引っぱりだし、久方ぶりに打ち粉《こ》を掛けてまいった。矢背どのの脇差に銘はあるのか」

「秦光代《はたみつしろ》にござります。お譲りいただいた斎藤弥九郎《さいとうやくろう》先生は、『鬼包丁《おにぼうちよう》』と呼んでおられました」

「斎藤弥九郎と申せば、練兵館《れんぺいかん》の館長じゃな」

「はい」

「なるほど、神道無念流《しんとうむねん》か。矢背どのも同流を修《おさ》められたのか」

「いいえ、田宮流にござります」

「居合か」

蔦野の眸子《まなこ》がきらりと光る。

温和な表情が一変し、左右の眦《まなじり》が吊りあがった。

「すまぬが、わしはまだ死ねぬ」

「承知しております。ご要望を伺いにまいりました」

「さようか。かたじけない」

蔦野は軽く頭をさげ、ふうっと溜息を吐いた。

「ご存じのとおり、大名家の留守居役ほど因果《いんが》な商売もあるまい。毎晩のように宴席を催し、せっせと賄賂を贈り、これでもかと言うほど根回しをしたにもかかわらず、城壁の改修だの土手の改築だの道普請《みちぶしん》だのと、幕府のお偉方はつぎからつぎへと難題を投げかけてくる。さんざん貢《みつ》いでも、とどのつまりは裏切られるのじゃ。無論、わかっておる。権力を握っている連中は、刃向かう相手をとことん嫌う。弱い者が抗おうとした途端、とんでもない勢いで潰しに掛かってくる。そんなことは百も承知じゃが、国許《くにもと》の藩士たちはただでさえ安い知行《ちぎょう》を半分に減らされ、爪に火を灯すがごとき貧しい暮らしを強いられておる。もはや、我慢の限度を超えた。わが藩の台所は火の車でな、幕府の要求を呑めば藩は潰れてしまう。そのことを上様にわかってもらうためには、奇策に出るしかなかったのじゃ。愚策かもしれぬ。

わしのせいで、御家は改易の憂き目をみるやもしれぬ。されど、幕府の方針に唯々《いい》諾々《だくだく》としたがって潰れるより、反骨の正義をしらしめて潰れるほうが、柳川武士の生き様らしゅうおもえてな」

「反骨の正義にござりますか」

「きれいごとかもしれぬ。それもわかっておる。正義なんぞ、この世の何処にあるというのだ。されどな、つぎの世を担う藩士たちに、わしは何か遺してやりたくなった。いろいろ考えてみたが、何もない。不器用な侍の死に様以外にな」

薦野は袖で涙を拭き、背筋をすっと伸ばす。

「すまぬ、長々と愚痴を聞かせてしもうた。本題にはいろう。要求はひとつ、御勘定奉行の有田筑前守定兼《ありたちくぜんのかみさだかね》さまをこちらへお連れいただきたいと、さように水野さまへお伝え願えぬか」

「かしこまりました」

「無理筋の普請《ふしん》御用を撤回するとお約束いただければ、さっそくこの部屋から出てみずから縛《ばく》につき、しかるべき処罰を受ける所存《しょぞん》じゃ」

「御存念をお伝え申しあげまする」

「すまぬな。それと、わが殿は何処へ行かれたのであろう」

「水野さまの御上屋敷かと」

「ほっ、さようか」

想定はしていたのだろう。

薦野は安堵の表情を浮かべ、肩の力を抜いた。

いずれにしろ、諸藩の留守居役にとって千代田城は闘いの場なのだと、あらためて認識せざるを得ない。

「されば、これにて」

蔵人介は平伏し、すっと立ちあがる。

「つぎがあるなら、沢庵《たくあん》もつけてくれぬか」

薦野はそう言い、朗らかに笑ってみせた。

柳川藩の江戸留守居役は、確実に鋭い棘を失っていない。

もはや、詮無いはなしであろうが、この人物を死なせたくはないな、と蔵人介はおもった。

蔵人介は老中首座の御用部屋に召しだされ、さっそく鷹野の要求を一言一句漏らさずに告げた。

三

立ちあいを許されたのは、大目付の戸賀崎備後守と配下の間与十郎《はざまよじゅうろう》である。間は頰の瘦《こ》けた顔色の悪い男で、諸国探索の隠密であろうことは察せられた。

水野は「有田筑前守」の名を耳にするや、戸賀崎に命じて江戸へ戻っていた隠密を呼びつけさせたのである。

「弱ったのう。筑前は検地竿《けんちざお》の責を取り、謹慎《きんしん》しておる」

「いかにも。ここにおる間によれば、近江国野洲郡《おうみのくにやすごおり》における幕領《ばくりょう》十八箇所において、越訴《おっそ》の声をあげる百姓の数、すでに四万人を超えたとのことにござります」

「げっ、四万人を超えたか」

幕府は年貢《ねんぐ》増収を見込んで、同地域で検地を断行した。その際、長さ六尺一寸の検地竿ではからねばならぬところを、三寸短い五尺八寸の竿で検地した。あきらかに、耕作面積を増やすために意図《いと》してやったもので、それが百姓たちの知るところとなり、四万人超の蜂起《ほうき》に繋がったのである。

検地を命じた張本人が、勘定奉行の有田筑前守であった。

「有田どのはみずから謹慎なされたようだが、事ここにおよんだ以上、三十日程度の謹慎では済まされませぬぞ」

戸賀崎に言われずとも、水野にはわかっている。

みずからを「切れ者」と呼び、即断即決を信条《しんじよう》としているので、すでに、近江国の百姓蜂起については解決策を用意していた。

「検地十万日の延期とする。右の内容を証文にして渡すと、秘かに百姓たちに伝えておけ」

「はっ」

戸賀崎が返事をし、後ろの間にうなずく。

間与十郎は平伏し、音も無く消えた。

「さて、有田どのはどういたします」

戸賀崎の問いに、水野は溜息を吐く。

「無論、腹を切らせるしかあるまい。されど、そのまえに謹慎を解き、秘かに登城させねばならぬ」

「秘かに」

「謹慎の者を登城させたとあっては、幕府の体面に傷がつこう」

「なるほど。されば、切腹のことも内密にいたしますか」

「内密にいたさねば、あやつは動くまい。有田とは、そういう男じゃ。目先のことには機転が利くものの、大胆な施策《しさく》まで考えがおよばぬ。おのれの保身しか考えぬ小心者《しょうしんもの》ゆえ、切腹の沙汰《さた》を聞けば騒ぎだすやもしれぬ」

「近江国の幕領の検地については、そもそも、上様が『竿を短くすればよい』と仰せになったとの噂もござります」

「それを噂に留《とど》めておくためにも、筑前は腹を切らねばならぬ。ふん、上様にも困ったものよ。さような戯れ言、わしならば一笑《いっしょう》に付《ふ》したものを。筑前の阿呆は、まともに受けとった。おおかた、それは名案でござると膝を打ち、閣議にも掛けずに内々で検地を断行したのであろう。百姓たちにばれねばよい。年貢さえ増えれば、何をやっても許される。そうした驕《おご》った心根《こころね》が、四万人の蜂起に繋がったのじゃ」

水野はじっと考えこみ、ふたたび、喋りはじめた。

「されど、わしはその噂を聞き、妙な気がしたのじゃ。上様が検地竿のことまで気をまわされるはずはない。きっと、誰かが囁いたに相違《そうい》ないとな」

「御老中、それはどなたにござりましょう」

「さよう、上様に囁くことができる人物と申せば……」

水野はわざとらしく溜めをつくり、蔵人介をちらりとみる。

「……いや、言うまい。口に出せば、大事になるやもしれぬ」

戸賀崎は肩すかしを食らったような顔になり、はなしをもとに戻した。

「有田どのを隠密裡に登城させるとして、いかように応じさせるご所存でござりましょうや」

「要求を呑ませる」

「柳川藩への普請御用を撤回させると」

「いや、撤回はせぬ。さようなことをいたせば、他藩へのしめしがつかぬ」

「いかにも、さようにござります。されば、要求を呑ませたふりをさせるということにござりましょうか。諾すると口頭で返答するだけでは、頑固《がんこ》な作兵衛が納得するとはおもえませぬ」

「証人が要るであろうな」

ふたたび、水野は蔵人介に目を向けた。

気づいた戸賀崎が、驚いたように目を丸くする。

「まさか、二百俵《ぴょう》取りの鬼役にそのような大役をさせると」

「誰でもよいのじゃ。こっちの意のままになる幕臣であればな。籠城《ろうじょう》した留守居役とのやりとりを聞いておると、鬼役はたいそう信頼されておるようじゃ。むしろ、留守居役が望む証人にふさわしいやもしれぬ。よいか、矢背よ。のちに詮議《せんぎ》となった際には、何ひとつ聞かなかったことにせよ。おぬしさえ黙っておれば、幕府の体面を保つことができる。わかったな」

蔵人介は頭を下げたまま、返事をしない。

「いかがした。御老中にしかと返答せぬか」

戸賀崎に促されても、石のように固まっている。

「御老中、こやつ、返答をいたしませぬぞ」

「そのようじゃな。ここにも頑固者がひとりおったか。ふん、まあよい。何を聞かれても、そうやって黙しておればよいのじゃ」

戸賀崎は眉間に皺を寄せ、肝心なことを口にした。

「さて、事が上手《うま》く運んだとして、作兵衛の処断はいかがいたしましょう」

「先例があれば、したがわねばなるまい」

「それがしの知るかぎり、ひとつだけござります」

「南部家のことか」

「御意《ぎょい》」

今から八十五年前、宝暦《ほうれき》七年水無月《みなづき》のことであった。盛岡《もりおか》藩南部家の尾崎富右衛門《おざきとみえもん》なる江戸留守居役が藩主の帰国御礼にあたり、献上物を持参のうえで登城した。本来ならば老中が応対すべきところであったが、ほかの用事がたてこんでいたために奏者番の応対となった。尾崎はそのことに不満をおぼえ、家格どおりに老中に応対させよと、殿中の隅々まで轟《とどろ》く大声を発したのである。

静まれと促す目付の指示にしたがわず、しばらくは詰所に籠城するかたちになった。幕閣内では厳罰に処すべしとの意見が大勢を占め、盛岡藩の減封も取り沙汰される始末となった。

そのとき、老中の西尾隠岐守忠尚《にしおおきのかみただなお》がこう言ったのだという。

――主家の格が不当に扱われたことを嘆き、留守居役は一命を捨てて公儀に抗った。したがって、咎めるべき者とは言えぬ。われらが幕府の御為に身を尽くして仕えておるのと同様である。忠のある者を罰し、如何《いか》に天下の政事《まつりごと》が立とうか。殿中を憚《はばか》らずに大声を発したことは咎め、南部家の家格は旧に復すべきである。

「よく知られた逸話《いつわ》じゃな。されど、こたびの暴挙と同等ではない。家格を傷つけたわけではないからな」

「たしかに。普請を撤回せよなどと、陪臣《またもの》ごときが申すべきことではありませぬ。捉えようによっては、謀反《むほん》と断じてもよろしいかと」

「ふふ、大目付どのがそう申すなら、謀反なのであろうよ」

「いえ、ちと言い過ぎたかもしれませぬ」

焦って否定する戸賀崎を、水野は小莫迦にした目つきで睨む。

「いずれにしろ、薦野某なる留守居役は断罪せねばならぬ。柳川藩十万九千石をどういたすかは、首尾を見定めたうえでのはなしじゃ。さっそく、謹慎した筑前のもとへ使いを出せ。ただし、城へ連れてくるのは、日が暮れてからじゃ」

「かしこまりましてござりまする」

戸賀崎は平伏し、肩を揺すりながら出ていった。

水野はこちらに背中をみせ、書面に目を通しはじめる。

もはや、蔵人介のことなど忘れてしまったかのようだった。

退出すべきかどうか迷っていると、書面に目を貼りつけたまま、水野が語りかけてきた。

「ふん、戸賀崎備後とて、叩けばいくらでも埃の出る身じゃ。城中の諸侯諸役人を見渡しても、わしに媚《こ》びぬ者など稀《まれ》にもおらぬわ。ゆえに、おぬしを買っておるのよ。されどな、刃向かうようなら容赦はせぬぞ。それだけはおぼえておけ」

閉じた扇子で、しっ、しっとやられ、蔵人介は畳に両手をついた。

ようやく部屋から退出してきたときには、夕餉の毒味御用をせねばならぬ刻限が迫っていた。

四

公方は床に臥したままなので、粥《かゆ》程度しか喉を通らない。それでも、御膳立てに手を抜くことは許されず、毒味も平常《ふだん》どおりにおこなわれた。

暮れ六つ過ぎ、小納戸頭取の今泉に呼ばれ、土圭之間から表向《おもてむき》へ踏みこんだ。

宿直《とのい》の者以外は下城しているので、廊下は閑散としている。

「ここからさきは、ひとりで行け」

焼火《たきび》之間を過ぎたあたりで、今泉に突きはなされた。

廊下の向こうには、表坊主が不安げな顔で待っている。

「矢背さま、早う、早う」

手招きするので足早に向かうと、大目付の戸賀崎に叱責《しっせき》された。

「待たせるな、阿呆」

待たせたわけではないが、頭を下げて陳謝する。

顔を持ちあげると、戸賀崎の背に誰かが隠れていた。

裃も熨斗目《のしめ》も纏わず、着流しのような恰好である。

「有田筑前守じゃ」

なるほど、目にしたことのある顔だ。髪は乱れて顔色もどす黒く、一見して憔《しょう》悴《すい》の度合いがわかる。

「今も歴《れき》とした勘定奉行じゃ、これでもな」

有田は小莫迦にされても、いっこうに響かぬ様子だった。

悲惨な運命《さだめ》を知りながらも、戸賀崎は鼓舞《こぶ》しようとする。

「筑前どの、三十日なんぞ過ぎてしまえば寸暇《すんか》の間じゃ。よいか、奮起して手柄を立てれば、再起の道もみえてくる。わしも口添えをいたそう。ここが正念場《しょうねんば》ぞ」

「はあ」

気のない返事をしつつも、眸子にわずかな光が戻ってきた。

「さあ、行け。作兵衛を連れてまいれ」

有田はおぼつかない足取りで歩き、襖のそばに近づく。

背にしたがう蔵人介の袂《たもと》を、戸賀崎が後ろから摑んだ。

「よいか、双方のあいだでどのような会話が交わされたか、まずは、大目付のわしに報告せよ」

「畏れながら、それはできませぬ」

「何じゃと」

水野忠邦から直々に報告せよと厳命されている。

「ふん、頭の固いやつめ。まあ、よい。行け」

「はっ」

蔵人介はさっと前面へまわりこみ、片膝をついて襖に手を伸ばした。

「ごめん」

ひとこと言いおき、すっと襖を開ける。

敷居で躓《つまず》いた有田は、そのまま畳に身を投げだした。

蔵人介は襖を閉めると、有田の腕を取って立たせる。

「これはこれは、筑前守さま。よくぞ、お越しくだされました」

床の間を背にして座る薦野作兵衛が、陽気な口調で語りかけてきた。

「おのれ、作兵衛」

有田は立ちあがり、一歩踏みだして腰に手をやる。

が、脇差はない。

万が一のことを考慮し、戸賀崎が預かったのだ。

刃物がないのをおもいだし、有田はぺたんと尻餅をついた。

小刻みに身を震わせるのは、怒りがおさまらぬからなのか。

「何でも、謹慎なさっておいでとか。それにしても、検地竿に細工をなさるとは、姑息《こそく》にもほどがありましょう」

「ふん、わしの考えではないわ」

「噂では、上様が仰せになったとか。それがまことなら、由々《ゆゆ》しきことにござる。百姓の年貢は国の礎《いしずえ》、それを為政者みずから偽りの方法で集めようとは、盗っ人猛々《たけだけ》しいにもほどがありまする。徳川《とくがわ》の御代《みよ》も永くはございますまい」

「何じゃと、おぬし、上様を愚弄《ぐろう》する気か」

「不思議なもので、捨て身になると、おのれに正直になることができまする。筑前守さまも楽におなりになりなされ。どうせ、切腹せざるを得ぬ身にございましょうからな」

「……ば、ば、莫迦を抜かせ」

「莫迦は申しておりませぬ。老獪《ろうかい》な水野越前守さまなれば、さようにお決めなさるのは必定《ひつじょう》。厄介至極《しごく》なそれがしがこの部屋から退去さえいたせば、有田筑前守は用無しとなりましょう」

「まだ言うか。わしはここで手柄をあげ、かならず返り咲いてみせる。大目付さまも、お口添えを約束してくだされた」

「手柄とはなんぞや。普請御用を撤回すると約束し、それがしをこの部屋から退去させることでござりましょうか」

「そうじゃ。普請御用は撤回する」

「くふふ、ずいぶん軽うござりますな。筑前守さまも、口約束などお信じにならぬほうがよい」

蔦野はひとしきり笑い、真顔に戻った。

「さて、本題にはいりましょう。当家に命じられた府内の道普請と川普請につき、夏の終わり頃までは津軽さまが内々に下命を受けていたとのこと。右はこの蘇鉄之間において、同家の御留守居より直に伺ったものゆえ、まちがいはござらぬ。それが何故、長月の時点で当家に変更されたのか、理由をしかとおこたえいただきたい」

蔦野はぐっと身を乗りだし、鋭い眼光を投げかける。

有田はおもわず身を引き、額に脂汗を滲ませた。

「……こ、石高からして同格の外様《とざま》ゆえ、そちの藩に白羽《しらは》の矢が立ったのじゃ」

「何故、直前で変更したのかと聞いております。神無月《かんなづき》のなかば頃、大鰐盛之進なる津軽家重臣と菱川屋なる御用商人が不審死を遂げておりますな。何でも、御用船を使って俵物の抜け荷に手を染めておったとか。筑前守さまは、その悪党どもと蜜月だったそうですな」

「……ば、莫迦を抜かせ」

「証拠《あかし》はございます。まず、菱川屋に御用船の許しを与えていたのは、誰あろう、筑前守さまでした。さらに、破損した積み荷の負担をせずともよいという密約も、菱川屋とのあいだで交わしておられます。分け前はいくら貰ったのです。百両や二百両程度で、それほど危うい橋は渡らぬはずでございましょう」

宴席ではいつも上座でふんぞり返っている勘定奉行が、下座でひとことも漏らさずに身を縮めている。

蔵人介は驚きを隠せない。

おもいがけず、薦野の口から津軽家重臣と御用商人の悪事が暴露されたからだ。蔵人介がこの部屋に誘われたのも、悪党どもの死に関与していると知ったうえでのことではないのかと勘ぐってしまう。

いずれにしろ、留守居役の底力を侮《あなど》ってはなるまい。

「御用船の御墨付きを与え、唐土《もろこし》への抜け荷を黙認し、見返りに膨大な賄賂《まいない》を手にしていた。それが事実ならば、筑前守さまは希代《きたい》の悪党にござる。しかも、蜜月であった津軽家の重臣に頼まれたのか、従前から定まっていた普請御用まで取り消された。最悪なことに、当家へ困難な普請御用のお鉢がまわってきた。しかしながら、これほど愚劣で大胆な企て、小心者の筑前守さまがご一存で決められるはずもない。かならずや、後ろで糸を引いておる人物がおられるはず。その人物こそ、幕府を滅ぼす元凶《げんきょう》と申すべき奸臣《かんしん》にござりましょう。いったい誰なのか、知りたいのはそのことにござる」

薦野の知りたい人物こそ、津軽家の一件で蔵人介が探し求めていた「黒幕」にまちがいない。

息を詰めて耳をかたむけると、突如、有田は狂ったように笑いだした。

「ぬひゃひゃ、その御方の正体が知りたいのか。その御方は言うておられたわ。わしが尋ねたのじゃ。何故、津軽さまの代わりに、立花さまをお選びになったのかとな。そうしたら、こう仰った。『立花家には墓場まで持っていかねばならぬ秘密がある。いざというときは、その秘密をちらつかせて脅せば、こちらの意のままにしたがうであろう』とな」

薦野は一瞬、顔を曇らせた。

有田はつづける。

「安心せい。わしは肝心の秘密なるものを知らぬ。慎重な御方でな、わしにさえも秘密を漏らさぬ。となれば、なおさら、その御方の正体を知りたかろう。されどな、知ったからというて、今さらどうなる。蘇鉄之間を退去いたせば、おぬしは何もできぬ。その御方の名を知ったところで、詮無いはなしであろう」

「詮無いはなしかどうかは、名を聞いてから判断いたしましょう」

「名を聞いたら、退去いたすのか」

「さて」

「退去せぬかもしれぬと。おぬしがその気なら、わしとて同じ。意地でも喋らぬぞ」

双方の睨みあいは、四半刻ほどつづいたであろうか。

薦野はふっと肩の力を抜き、蔵人介のほうへ顔を向けてくる。

「さて、矢背どのなら、水野さまにこのやりとりをどうはなす。一言一句違《たが》えずにすべてをお伝え申しあげれば、黒幕の正体を探そうとなされるであろうか。それとも、腫《は》れ物には触るまいと放っておかれるだろうか。矢背どのは、どうおもわれる」

存念を聞かれても、しかとはこたえられない。

ただ、黒幕とは水野忠邦自身のことかもしれず、それを薦野は失念している。

「喋る気がないなら、もはや、おぬしに用はない」

薦野に断罪され、有田は激昂《げっこう》してみせる。

「無礼者、誰に向かって口を利いておる。おい、おぬし、脇差を寄こせ」

怒鳴りつけられても、蔵人介はたじろぎもしない。

黙然と、ただ石のように座りつづけている。

突如、薦野が動いた。

片方の膝を大きく乗りだし、腰の脇差を抜いてみせる。

「ひぇっ」

白刃の切っ先が、有田の鼻先に翳された。

「おぬしは、上から信用されておらぬ。もはや、死に体じゃ。去るがよい」

蔦野が一喝するや、有田は畳に這《は》いつくばり、蔵人介がすっと開けた襖の向こうへ転がり出てしまう。

蔵人介は襖を閉め、みずからは部屋に残った。

すでに、蔦野は白刃を納め、上座に腰を落ちつけている。

「矢背どの、もうひと晩、籠城せねばならぬ。されど、さすがに腹が減り申した。すまぬが、明朝、塩結びをまたお願いできませぬか」

「かしこまりました」

「そのとき、貴公にだけはまことの目途をお教えいたそう」

「されば、温い茶と沢庵もおつけいたしましょう」

「ありがたき幸せ」

力無く笑う留守居役には、さすがに疲れの色がみえた。されど、目途を達するまでは死ねぬという強い意志があるかぎり、何日でも籠城できるにちがいない。

「されば、今宵はこれにて」

蔵人介は深々と頭を垂れ、背筋を伸ばして立ちあがった。

五

有田筑前守は屋敷に戻され、水野越前守から三段階重い蟄居《ちっきょ》の沙汰を下された。門は丸太で×印に塞がれ、外出を禁じられるとともに、あとは切腹の沙汰を待つだけの身となったのである。

蔵人介は蘇鉄之間で交わされた内容を報告すべく、内桜田御門を出て屯所脇の水野邸へと向かった。

宿直で城へ戻らねばならぬため、従者の串部はいない。

富士見多聞櫓の後ろに浮かぶ三日月が、鋭利な鎌刃にみえた。

息苦しさをおぼえるのは、濠から立ちのぼる瘴気《しょうき》のせいなのか。

以前にも、誰かに遠目からみられている気がした。

あのときと同じだ。

「うっ」

突如、背後に殺気が膨《ふく》らむ。

振りむきざま、腰の刀を抜きはなった。

――びゅん。

鼻面に、拳大の分銅《ふんどう》が飛んでくる。

「くっ」

咄嗟に躱《かわ》して刀を立てるや、鉄鎖が蛇のように絡みついた。

ぴんと張った鎖の向こうに、筒袖の人影が立っている。

凄まじい力で手繰《たぐ》りよせ、間合いを徐々に詰めてきた。

「ん、おぬしは」

蔵人介は相手の顔を睨みつける。

大目付の配下、間与十郎にまちがいない。

近江国へ向かったはずの隠密が闇討ちを仕掛けてきたのだ。

「楊心《ようしん》流鎖鎌《くさりがま》術、よくぞ避けたな」

「おぬし、近江へ発ったのではなかったのか」

「百姓への伝達など、ほかの者でよい。こっちのほうが、おもしろそうだからな」

「どうする気だ」

「おぬしを消す」

「備後守さまに命じられたのか」

「命は下されておらぬ。されど、備後守さまは、おぬしが目障りだと仰せでな、斟《しん》酌《しゃく》いたせば、おぬしはおらぬほうがよいということになる」

「斟酌して、人を斬るのか」

「気の利く隠密とは、そうしたものであろう」

間は吐きすて、ぎりっと鉄鎖を手繰りよせる。

「おもしろいことを教えてやろう。柳川藩には表沙汰にできぬ内紛がある」

家臣たちが国家老派と江戸家老派に分かれ、事あるごとに対立しているという。

「江戸家老の原尻監物《はらじりけんもつ》は当主の鑑備公を廃し、立花家一門の鑑胤《あきたね》なる御仁を後継にしようと目論んでおる。唯一、江戸で原尻の勢力に抗っておるのが、鑑備公の傅役でもある留守居役の薦野作兵衛というわけだ」

つまり、現当主の首をすげ替えたい江戸家老にたいして、薦野は国家老の意向を受けて抗っていた。藩内の内紛と立てこもりとの関わりを、どうやら、大目付の筋は疑っているらしい。

しかしながら、薦野は立てこもりまでして、いったい何を得ようとしているのか。あるいは、何を守ろうとしているのか。そもそも、原尻なる江戸家老は、何故に現当主を廃したいのか。

さまざまな問いが、蔵人介の脳裏に浮かんでは消えた。

が、今は間与十郎をどうにかせねばならぬ。

あいかわらず、鉄鎖は伸張しきっていた。

おそらく、こちらの膂力《りょりょく》が耐えきれなくなるのを待っているのだろう。

「そう言えば、死に体の有田筑前守が後ろ盾の名を漏らしたそうだ。津軽家の重臣と御用達《ごようたし》が関わった抜け荷も、津軽から立花に普請御用を転じた件も、近江国の幕領で検地竿をすり替えたことも、筑前守を背後で操っていた人物がすべての元凶だと、わしはみている。されど、筑前守は物狂いの兆候をみせておってな、もはや、誰の名を漏らしたところで、水野さまはお取りあげになられまい」

そうなると、薦野の要求は果たされぬことになる。御用船の難破を装って抜け荷をやらせた「黒幕」を逃すのは、蔵人介にとっても口惜しいにきまっていた。

鉄鎖はさらに伸張し、ぶるぶる震えはじめた。

「さて、そろりと死んでもらうか」

「わしを消して、そのあとはどうする」

「薦野作兵衛も消す、今宵じゅうにな。それが大目付さまのご意向だ。蘇鉄之間が穢されても、すべて終わったあとで水野さまと口裏合わせをなされればよい。要は、上様に知られねばよいだけのこと」

蔵人介は冷静に応じた。

「ひとつだけ助言しておく。隠密が出過ぎたまねをせぬほうがよい」

「何だと」

「鉄鎖を解いてこの場から去れば、何事もなかったことにいたそう」

「ふふ、わしに勝つ気でおるのか」

「負けはせぬであろうな」

「抜刀術の達人かどうかは知らぬが、ただの毒味役が隠密に勝てるはずはなかろう。わしは今まで、数々の修羅場を潜ってまいった。笹之間で毒味だけをしておる輩《やから》とはわけがちがう」

「止めるなら、今だぞ」

「黙れ」

間は鉄鎖をぐいっと手繰りよせ、蔵人介が抗った反動を利用しつつ、ぶわっと中空に飛翔した。

「いやっ」

蒼白い鎌刃が迫ってくる。

搦《から》めとられた刀を抛《ほう》り、蔵人介は脇差を抜いた。
——がきっ。
鬼包丁と称する脇差の刃が、鎌刃を強烈に弾く。
火花で睫毛を焼きながらも、間与十郎は頭から突っこんできた。
「死ね」
懐中には、鎌がもう一本仕込んである。
これを横薙《な》ぎに振り、喉笛を掻こうとした。
「ふん」
蔵人介は鬼包丁も捨て、反転しながら身を沈める。
鎌の一撃を頭上すれすれで躱し、落ちていた鉄鎖を拾いあげた。
相手の背後に素早くまわりこみ、鉄鎖を首に巻きつける。
力任せに引きよせると、間は手足をばたつかせた。
「ぬぐっ……ぐ」
白目を剝き、地べたにずり落ちていく。
幕切れは呆気ない。
隠密にとって、喋りすぎは禁物《きんもつ》だ。

蔵人介は腰を屈め、大小を拾って黒鞘に納める。

叢雲《むらくも》を裂く三日月に導かれ、何事もなかったように歩きはじめた。

六

薦野作兵衛と有田筑前守のやりとりを漏らさずに告げたにもかかわらず、水野忠邦の反応は鈍かった。筑前守の関わった悪事の裏に黒幕がいるとしても、追及の手を伸ばす気はなさそうだ。

確乎たる証拠を掴むのが難しいと判断したのか、それとも、権力争いで優位に立つための手札《てふだ》にしようとでもおもっているのか、理由は判然としない。

ただ、ひとつだけ確かなのは、水野も所詮は同じ穴の狢《むじな》にすぎぬということだ。

幕閣の重臣たちは諸藩からさまざまな恩恵を受けている。甘い汁を吸うことで牙をぬかれた者もいるし、権威を振りかざして甘い汁を吸おうとする者もいる。政事の中枢にありつづければ、さまざまなところからおいしいはなしが集まってくる。上の連中を眺めてみれば、私利私欲を捨てて滅私《めっし》奉公に勤《いそ》しむ侍など、皆無に等しい。

蔵人介は「貴公にだけはまことの目途をお教えいたそう」と言った鷹野のことばだけは、水野に伝えなかった。ただ、明朝には部屋から出るつもりでいることを伝えると、水野は「退去に立ちあえ」とだけ短く命じた。疲れの色は隠せず、発することばにも力が無かった。

蔵人介は城へ戻り、一睡もせずに夜を明かした。

御膳所へ出向いてみると、頼んでおいた膳が仕度されてある。

ただし、塩結びはなく、かわりに飯櫃《めしびつ》が置いてあった。

「仰せのとおりにいたしました」

「すまぬな」

蔵人介は襷掛けをして手を洗い、布で水気を拭きとる。

小皿に盛られた塩を掌に擦りこむと、挑むような仕種で飯櫃に手を入れ、塩結びを握りはじめた。

「さすが、堂に入っておられる」

親しい包丁人が、にっと笑ってみせる。

「温い茶と沢庵はこちらに」

「ふむ」

「薦野作兵衛さまとは、どのような御方でござろうか」

塩結びを握り終えると、包丁人は余計なことを問うてきた。

得体の知れぬ恐怖の対象から、同情すべき忠臣に変わりつつあるのだろう。

「藩のため、主君のためなら一命をも惜しまぬ。きっと、骨太な古武士のごとき風貌なのでござりましょうな」

どうやら、それは御膳所の連中が共通して抱く薦野像らしかった。

蔵人介は襷を解いて膳を掲げ、蘇鉄之間へ向かった。

早朝のせいか、廊下で見送る者もいない。

土圭之間を過ぎて奥へ進むと、蘇鉄之間の手前でお城坊主が待っていた。

誘われて廊下を曲がると、部屋のそばに目付の配下たちが勢揃いしている。

ろくに寝ておらぬのか、全員が目を真っ赤に充血させ、わずかでも触れれば刀を抜きかねない殺気を宿していた。

「矢背、こっちに来い」

手招きするのは、大目付の戸賀崎備後守である。

間与十郎の顔が脳裏を過ぎっても、蔵人介は表情を変えずに近づいた。

戸賀崎のほうも、別段、変わった様子はない。配下の死を知らぬはずはないが、気にも留めていないようだ。大目付にとって、隠密は使い捨ての駒にすぎない。もはや、間与十郎のことなど、頭の片隅にもないのであろう。

「穏便に事を運ぶ最後の機会じゃ。作兵衛が立てこもりをつづけるようなら、おぬしの手で成敗せよ。敵わぬようなら、ここにおる連中を飛びこませる。わしにも意地があるゆえな、蘇鉄之間が血の海になろうとも、やると言ったらやる。わかったら、行け」

「はっ」

蔵人介は一礼し、廊下の端に片膝をつく。

膳を置いて襖を開け、敷居の向こうへ滑りこんだ。

襖を閉めさえすれば、邪魔者のはいる余地はない。

薦野作兵衛は、昨日と変わらず上座に座っていた。

部屋には饐《す》えた臭いが立ちこめ、あらかじめ用意してあった玄蕃桶《げんばおけ》のほうからは小便の臭いも漂ってくる。

「夏場であれば、蠅が集《たか》っておったな」

自嘲《じちょう》する薦野に一礼し、蔵人介は膳の塩結びに手を伸ばす。

「あいや、待たれい。毒味などせずともよい。すまぬが、そのまま膳をこちらへ」

言われたとおり、膝行《しっこう》しながら膳を運ぶ。

蕗野は唾をごくりと呑みこみ、まずは温い茶で喉を潤した。

そして、塩結びにかぶりつく。

「ん」

「いかがなされた」

「握りが、ちと固いような」

「それがしが握りました」

「ほう、まことか」

「はい」

「嬉しいな」

蕗野はにんまり笑い、凄まじい勢いでご飯を咀嚼《そしゃく》する。

さらに、沢庵の切れ端を摘んで口に入れた。

――かりっ。

小気味よい音が、廊下まで届いたやにおもわれた。

蕗野の双眸《そうぼう》から、じわりと涙が溢れてくる。

「……う、美味いのう。生涯で一番美味い沢庵かもしれぬ」

薦野は泣きながら結びを食べ、残りの沢庵を齧った。

茶を呑みほして落ちついたところで、襟をきゅっと正す。

「矢背どの、貴公とはなしがしたかった。有田筑前守さまは、どうなされたのであろうか」

「蟄居のお沙汰を下されました」

「さようか。もはや、正気を失っておられたやにみえた。たとい、後ろ盾の名を漏らしたところで、水野さまはお取りあげになられまい。ましてや、わが藩に下された普請御用の命が白紙に戻されることはなかろう。さような断を下せば、他藩へのしめしがつかぬゆえな」

まるで、水野の心理を読んでいるかのようだ。

そこまでわかっていながら、何故、籠城をつづけるのか。

最大の問いへのこたえが、好々爺のごとき忠臣の口から漏れた。

「殿のお命を守りたかった。鑑備公のお命を守るためには、こうするしかなかったのじゃ」

薦野は唇を震わせ、しばし押し黙る。

そして、意を決したように、淡々とつづけた。

「霜月のなかばから、藩内に不穏な動きがあった。発端は殿の御膳に毒が仕込まれ、毒味役の小姓が命を落としたことじゃ。夜陰に紛れて刺客が忍びより、殿の褥《しとね》に刃が突きたてられたこともあった。刺客はわしがこの手で成敗したものの、影武者《かげむしゃ》の小姓は身代わりに命を落とした。証拠はないが、殿のお命を狙う者の正体はわかっておる。江戸家老の原尻監物じゃ。原尻が立花家一門の鑑胤さまを当主に立てようと画策し、鑑備公を亡き者にせんと狙っておったのじゃ」

理解できない。当主を支えるべき臣下の筆頭でもある江戸家老が、何故、当主の命を狙わねばならぬのか。蔦野のこたえは、蔵人介の想像を超えていた。

「じつを申せば、鑑備公は替え玉なのじゃ」

「えっ」

「驚かれたようじゃな。ここからさきのはなしは、正気を失った留守居役の世迷い言とおもっていただきたい」

鑑備公には同じ母から産まれた三つ年上の兄があった。その兄が家督《かとく》を継いで柳川藩の第十代藩主になったものの、今から九年前の天保《てんぽう》四年卯月《うづき》に急逝してしまった。享年十一。若年のために継嗣《けいし》もおらず、将軍への初御目見得も済ませていなかった。

十七歳未満では末期養子《まつご》の許しも得られそうにないため、幼い弟は同年長月の夜に国許から極秘で江戸藩邸へはいり、兄になりすました。病で臥せっていた兄が快癒《かいゆ》したと幕府に偽りの報告をし、兄の諱《いみな》である鑑広《あきひろ》を名乗ったのである。

さらに、二年後には将軍への初御目見得を済ませ、従五位下左近将監《じゅごいのげさこんしょうげん》に叙任《じょにん》されて、諱を鑑備に改めた。十六歳になった今も、夭折《ようせつ》した兄の弟であることは極秘にされ、右の事実は藩内でもごく一部の重臣と近習しか知らぬという。

「殿が替え玉だとわかれば、立花家は改易となろう。そうなるまえに殿を密殺し、一刻も早く末期養子の許しを得ねばならぬと、原尻は考えておったのじゃ」

傅役でもある薦野は、若い殿さまの命を守るために大芝居を打った。

「これだけのことをしでかせば、継嗣に関わるどのような願いも幕府は受けいれようとせぬはず。いかなる罰を下されても、たとえば、石高が大幅に減じられることになっても、鑑備公のお命を守るにはこうするしかなかった」

薦野としては、熟慮したすえに考えついた苦肉の策であった。

「殿は生まれつき病弱であられた。兄上の身代わりゆえ、外を散策するのも憚《はばか》られ、幼いころから可哀相なおもいをさせてしもうた。貝を愛《め》でるのがご趣味でな、国許では近習が海で拾ってきた貝を絵にするのがお好きじゃった。穏やかで心根のお優しいお方なのじゃ。身代わりの運命を黙って受けいれ、ただの一度も泣き言をお漏らしになったことはない。わしは殿が愛《いと》しゅうてならぬ。藩にどれだけ迷惑が掛かろうとも、鑑備公のお命だけはどうあっても守らねばならぬ。それがわしの忠なのじゃ」

緊張の糸が切れたのか、薦野は急に老けこんだような皺顔になった。

「矢背どの、わしはまちがっておろうか。かようなまねをして、藩の存続すら危うくさせた。やはり、それは忠義に反することであろうか」

蔵人介は顎を引き、重い口をひらいた。

「一命を賭《と》してでも、理不尽な公儀の命に抗う。そして、身を挺《てい》して、御殿のお命を守りとおそうとなさる。鑑備公にとって、これほどの忠義はござりますまい」

「……ま、まことか。まことに、そうおもわれるか」

「頑固一徹な薦野作兵衛が何をしたかったのか、いつの日にか、若い藩士たちはわかってくれることでしょう。反骨魂を遺憾《いかん》なく発揮した先達《せんだつ》のあったことを、かならずや、記憶に留めるにちがいござらぬ」

「……か、かたじけない。矢背どののおことば、死出のはなむけとして、しかと受けとめさせていただく」

薦野は脇差を鞘ごと抜き、膝前に置いた。

「矢背蔵人介どの、長々とおつきあいただき、ご苦労なことでござった」

深々とお辞儀をし、すっと立ちあがる。

滑るように畳を進み、襖を静かに引き開けた。

一瞬の沈黙ののち、周囲に怒号《どごう》が響きわたる。

「ぬおおお」

抑えていた目付たちの怒りが爆発したのだ。

薦野の身柄は床に叩きつけられ、廊下を引きずられていった。

蔵人介は微動だにもせず、蘇鉄之間の片隅で平伏したままでいた。

七

柳川藩の殿さまが替え玉であることは秘され、藩の内紛も表沙汰にはなっていない。薦野作兵衛は幕府の沙汰が正式に下されるまで藩邸内にて預かりの身となり、下谷御徒町にある上屋敷の一隅に幽閉された。鑑備公も水野邸から上屋敷へ戻り、幕府からの下命を待つこととなった。

一方、蔵人介はと言えば、水野忠邦からの呼びだしもなく、大目付や目付の筋から接見を求める声も聞かない。

公方家慶は快癒し、平常どおりの健啖家《けんたんか》ぶりをみせつつある。

何事もなかったかのような平穏さがつづくなか、気になるはなしが飛びこんできた。

蔦野が捕縛された六日後、師走十日のことである。

「柳川藩の継嗣が内諾されたようにござります」

暗がりから囁くのは、公人朝夕人《くにんちょうじゃくにん》の土田伝右衛門《つちだでんえもん》にほかならない。

公方周辺の動きに注意を払っておくよう、あらかじめ頼んでおいたのだ。

宿直《とのい》も眠りに就いた真夜中、城内御膳所裏に位置する厠の壁際には、ふたつの人影が溶けこんでいた。

「継嗣の名は鑑胤、立花家一門の出で齢十八、江戸家老の原尻監物が推す御仁でまちがいござりませぬ」

「ふむ」

「蔦野作兵衛は原尻の目論む継嗣決定を避けたかった。そうした動きを阻《はば》むべく暴挙に訴えたのだと、矢背さまは仰いましたな。それがまことなら、蘇鉄之間での籠城は無駄であったということになりませぬか」

口惜しいが、伝右衛門の言うとおりだ。

「かようなどさくさに紛れて、よくも継嗣が認められたものだな」

「鶴の一声にございます」

「上様がお認めになったと」

「じつは、上様のお耳に囁いた御方がおられます」

「誰だ」

蔵人介はおもわず、声を荒らげる。

伝右衛門が名を告げようとしている人物こそ、数々の許し難い悪事の黒幕であった。

「御側御用取次、宇郷対馬守さまでござります」

「なるほど、さようか」

「おや、驚かれませぬな」

頭の片隅で想定していたのかもしれない。

宇郷ならば、公方家慶と直にはなしもできよう。

快癒した間隙を衝き、急を要する重大事のなかに紛れこませたのかもしれない。

「策士の宇郷さまなら、やりかねませぬな」

伝右衛門は役目柄、公方の声を間近で聞くことができる。それだけに、側衆各々の性分《しょうぶん》を熟知しているようだった。

「鑑胤という御方の実母は、お萩《はぎ》の方と仰います。志乃さま同様、薙刀《なぎなた》を自在に扱う猛女にござりましてな、癇癪《かんしゃく》を起こしたら手が付けられなくなってしまうのだとか。このお萩の方、京のやんごとなき公家《くげ》の養女として立花家一門に嫁いでまいりましたが、じつを申せば、宇郷対馬守が実父なのだそうです」

「まことか、それは」

実父ならば、娘の産んだ男の子は血の繋がった孫、可愛い孫を柳川藩十万九千石の殿さまにさせたいとおもうにちがいない。

「柳川藩は有明海《ありあけ》の干拓《かんたく》で、つぎつぎに耕作地を拡げてまいりました。検地の際には短い検地竿が使われたとの噂もござりましてな」

近江国の百姓にはばれたやり方が、それ以前に柳川藩の領内ではばれずに実施されていたのだ。

「なぜなら、江戸家老の原尻と裏で通じていたからにござります。原尻は国許の役人を抱きこんで偽りの検地を実施させ、増収で得られた利益の一部を宇郷対馬守に還元していたのでござりましょう」

されど、干拓からあがってくる利益だけでは、おいしいとは言えない。宇郷対馬守が柳川藩にこだわる理由があると、伝右衛門は囁いてくる。

蔵人介は眉をひそめた。

「その理由とは」

「燃える石、石炭にござる」

「石炭か」

「幕府の大目付も把握しておらぬ極秘事でござります」

数年前、同藩領内の三池《みいけ》郡平野山《ひらのやま》に大きな石炭鉱脈がみつかった。宇郷対馬守はその鉱脈を私《わたくし》すべく、さまざまな布石《ふせき》を打ってきたらしかった。

「営々と築いてきた悪事の総仕上げに、みずからの血縁を次期当主に内諾させるという離れ業《わざ》をやってのけたのでござる」

「まだ、仕上がってはおらぬぞ」

蔵人介が深刻な顔で漏らすと、伝右衛門もうなずいた。

「内々に継嗣の許しを得たとなれば、現当主の鑑備公が邪魔になる」

「ああ、そうだ。薦野さまの懸念《けねん》なされたことが起こるやもしれぬ」

自分たちのおもいどおりに事を進めるために、一刻も早く鑑胤を当主の座に据えようとするだろう。そうなれば、鑑備の命は風前《ふうぜん》の灯火《ともしび》となる。

「どうされるおつもりです」

伝右衛門に問われ、蔵人介はぐっと返答に詰まる。

できることなら、救ってやりたい。だが、鑑備は蔵人介の手がおよぶところにはいなかった。

伝右衛門は煽《あお》るように食いさがる。

「薦野さまは、まだ生きておられますぞ。もし、助力を請うてこられたら、どうなされる」

蔵人介は蠢《うごめ》く闇を注視した。

「まさか、おぬしがそうなるように仕向けると」

「お望みならば、尽力《じんりょく》いたしましょう。ただし、条件がひとつ」

「聞こうか」

「宇郷対馬守のことにござります。近江国の幕領のことで上様に検地竿のことを囁いたのも、おそらくは対馬守にござりましょう。さらに遡《さかのぼ》れば、勘定奉行の有田筑前守を操って津軽家の重臣と御用商人に抜け荷をやらせたのも、対馬守にほかなりませぬ。紛れもない奸臣であるにもかかわらず、どなたからも成敗の密命は下っておりませぬ。どうか、対馬守に引導《いんどう》をお渡しくださりますよう」

伝右衛門に頼まれずとも、すでに、気持ちの整理はついている。

だが、蔵人介はわざと戯れてみせた。

「ほかならぬおぬしの頼みとあらば、できぬとは言わぬ。されど、この仕掛けは高くつくぞ」

「それがしへの貸しと仰るので」

「役料五千石の首を獲るのだ。大きな貸しであろう」

「何やら、損した気分だな」

「それがおぬしの役まわりさ」

「詮方《せんかた》ござりますまい」

伝右衛門の気配が、ふっと消えた。

蔵人介のもとへ厄介事がもたらされたのは、下城して家に戻った翌夕のことだった。

八

暮れ六つの鐘が鳴っている。

蔦野作兵衛は今ごろ、どうしているのだろうか。

蔵人介は左手で胡桃をもてあそびつつ、ひとり感慨に耽《ふけ》っていた。

御納戸町は城勤めの小役人が暮らす町で、いつもは静かなものだが、さすがに師走ともなると、家人は掃除や片付けに追われ、掛取《かけとり》なども忙しなく行き交っている。

――ごおん。

鐘の音の余韻《よいん》が尾を曳《ひ》くなか、冠木門《かぶきもん》の外に訪ねてくる者があった。

稽古から戻った卯三郎に導かれ、侍の主従らしきふたりが玄関へやってくる。

「柳川藩藩士、深津玄蕃《ふかつげんば》と申しまする」

体格のがっしりした若い侍が血走った目で挨拶をする。

蔵人介はぴんときたが、志乃や幸恵は不思議そうに小首をかしげた。

「それがし、小姓をつとめておりまする。じつは、こちらは」

そう言って振りむいたさきには、横顔に幼い面影の残る人物が俯《うつむ》いている。

「藩主の鑑備公であられまする」

深津は声をひそめた。

蔵人介は廊下に平伏し、志乃や幸恵も同様にする。

鑑備は頰を赤らめ、恥ずかしそうにしてみせた。

薦野作兵衛が言っていたとおり、喋りのほうは苦手らしい。

「両手をつかねばならぬのは、こちらのほうにござりまする」

深津は膝をたたみ、冷たい三和土《たたき》に平伏す。

「藩内に鑑備公のお命を狙う輩がおりまする。今宵ひと晩だけでも、匿《かくま》っていただきとう存じまする」

「薦野さまに命じられたのか」

「……は、はい」

蔵人介の問いに、深津は迷いながら返事をする。

薦野は罪人の扱いなので、本来ならば会話を交わすことなど許されぬからだ。

「御小姓ならば、薦野さまの幽閉先にも近づくことができようからな。それで、御小姓たちは鑑備公の御味方なのか」

「無論、殿をお守りするのが小姓の役目にござりまする。ただ、小姓頭《こしょうがしら》さまや上の方々は、御家老の原尻監物さまにしたがっておりまする。藩士たちも御家老には逆らえませぬ。よって、われわれ小姓だけでは、殿を守りきれるものではありませぬ」

「承知した。ともあれ、なかへ」

「はっ」

起きあがった深津に促され、鑑備は遠慮がちに草履を脱いだ。

志乃がさっと身を寄せ、若い殿さまの肩を抱きよせる。

「十万石のお殿さまなのでしょう。しゃっきりしなされ」

本人や小姓のみならず、蔵人介も幸恵も驚いた。

「孫のような扱いだな」

鑑備は志乃に連れられ、奥の客間へ向かう。

深津が慌てて後につづいたが、蔵人介と串部は玄関から出て、外の様子を窺った。

「殿、不穏な気配を感じませぬか」

「ふむ、尾《つ》けられたな。されど、伝右衛門はこのことを織りこみ済みであろう」

「あやつめ、こちらに下駄を預ける気だな」

「敵としては、事を大きくしたくないはず。鑑備公の密殺を狙っておるのだろう」

襲ってくるとすれば真夜中、門から出て左右を眺めても怪しい人影はない。

「忍びかもしれませぬな。大奥さまと奥さまには、お伝えしますか」

「無論だ」

「なれば、さっそく」

串部は踵を返し、家のなかへ消えた。

しばらくして居間へ戻ると、夕餉の膳が並んでいる。

膳のうえには、冷や飯の盛られた丼と香の物しかない。

上座にちょこんと座る鑑備のもとへ、志乃が膝行した。

「お殿さまは、お酒はまだでござりますね」

問いかけても返答はなく、鑑備は戸惑うようにうなずくだけだ。

「されど、おなかは空いておられましょう」

間髪《かんはつ》を容《い》れず、腹の虫がぐうっと鳴った。

「まあ、正直なこと」

一同は笑い、座はくだけたものになる。

幸恵が出汁《だし》のはいった急須と小皿を携えてきた。

「ありがとう、幸恵さん」

小皿には鯛の切り身と薬味が載っている。

志乃は箸を器用に使い、丼飯のうえに切り身を重ねていく。さらに、刻み葱《ねぎ》や紫《し》蘇《そ》をくわえ、丼の縁に山葵《わさび》を塗りつけると、急須をかたむけて熱い出汁を注いだ。

「鯛茶漬けにござります。昆布と貝柱からとった出汁ですよ。さらさらとお召しあがりくだされ」

みなの膳にも、同じ丼飯と香の物が置かれてあった。

「ささ、ご遠慮なさらず」

鑑備は促され、丼を手に取って箸を動かす。

ひと口ふくむや、汁をぶっと吐きだした。

「熱っ」

正直に放たれた台詞がまた、みなの笑いを誘う。

ふた口目からは慎重にふくみ、鑑備は鯛の切り身を咀嚼《そしやく》した。

「……う、美味い」

火照《ほて》った顔をほころばせ、丼ごとかっこむように食べはじめる。

「ほほ、そうでしょうとも。伊予《いよ》の漁師から直に教わった茶漬けにござります」

真偽のほどはわからぬ。初めて耳にしたはなしだが、ともあれ、殿さまは丼飯を一気に平らげ、満足げにうなずいた。

「……ご、ご馳走《ちそう》にございました」

「まあ、礼儀正しいお殿さまですこと。されど、ご無理をなさらずともよいのですよ。これが小禄旗本の馳走にございます。滋味《じみ》豊かな出汁のなかに、真心が込められております。こうしたことも、一国を統《す》べるお殿さまならば、体験しておいて損はございますまい」

「はい」

鑑備は素直にうなずいた。

傅役の教えが行き届いているのか、尊大《そんだい》さは欠片《かけら》も感じない。

齢を重ねて自信さえつければ、立派な藩主になるであろうことは想像できた。

「今日はお疲れでしょう。据え風呂に浸かって、ゆるりとお休みなされ。御小姓もお眠りになったほうがよい」

志乃のことばには、いつも慈《いつく》しみがある。

ただし、横顔には決意のようなものが感じられた。

すでに、串部から賊のことを聞いているのだろう。

どことなく、決戦を待ち望んでいるようでもあり、蔵人介はかえって心配になった。

九

真夜中、屋敷を取りまく空気が揺らいだ。

冠木門《かぶき》は、わざと開けてある。

やがて、忍び特有の生臭さが漂ってきた。

——ひとり、ふたり、三人……

蔵人介は物陰から闇の底をみつめている。

さきほどから、風が少し強くなってきた。

月は群雲に見え隠れし、忍びの影を濃く淡く映しだす。

冠木門の内へ踏みこんできた影は全部で五つ、ひとりは生け捕りにするようにと串部には伝えてあった。

忍びはばらばらと散り、家の様子を窺いはじめる。

——ぎぎい。

ふいに、冠木門が閉まった。

「飛んで火に入る何とやら」

閉めたのは、下男の吾助だ。
それが合図となった。
――びゅん。
大屋根のうえから、矢が飛んでくる。
「うぐっ」
胸を射抜かれた忍びが、仰向けに倒れた。
幸恵が大屋根のうえで膝立ちになり、二の矢を番《つが》えようとしている。
海内一《かいだいいち》の弓取りと評された妻女は、片肌脱ぎで重籐《しげどう》の弓を引き絞った。
――びゅん。
二の矢は忍びの盾に阻まれる。
ひとりが地を蹴り、中空に飛翔していった。
軒に取りついたところに、串部が待ちかまえている。
「ふん」
白刃一閃《いっせん》、屋根瓦を削ぐような一撃に、忍びは目玉をひっくり返した。
「ぬわああ」
断末魔《だんまつま》ともども、軒下へ落ちていく。

大屋根の縁には、二本の櫺が残された。

串部は櫺を飛びこえ、地べたに舞いおりる。

怯《ひる》んだ残りの三人が、門のほうへ戻りかけた。

そこに待っていたのは、卯三郎である。

「しぇっ」

低い姿勢で擦れちがいざま、ひとりの脇胴を抜いた。

忍びは声も漏らさずに倒れ、残りはふたりとなった。

ぱっと、左右に散る。

左手に向かった忍びの正面には、小姓の深津玄蕃が立ちはだかった。

一合《ごう》、二合と白刃を交え、組みついて地に転がり、どうにか深津は忍びを討ちとる。

まるで、合戦場《かっせんば》で闘う雑兵《ぞうひょう》のようだ。

一方、右へ向かった最後のひとりは、矢背家でもっとも強靱《きょうじん》な相手と対峙せねばならなかった。

志乃である。

白鉢巻きに襷掛けのすがたで、右脇に家宝の「国綱《くにつな》」をたばさんでいる。

幅の広い三日月の刃は妖しげな光を放ち、対峙する相手の目を射抜いた。

「狼藉者《ろうぜきもの》め、他人の家へ勝手に踏みこみ、無事で済むとおもうなよ」

「黙れ、糞婆《くそばばあ》」

忍びの悪態が、烈女の怒りに火をつけた。

志乃は国綱を頭上で旋回させ、猛然と走りだす。

「うわっ」

たじろぐ忍びの足許を掬《すく》い、飛びあがって避けたところへ、ぶんと三日月の刃を薙ぎあげる。

相手が反りかえったところで、薙刀を旋回させた。

「仕留めたり」

大きく踏みだし、堅い柄頭《つかがしら》を突きこむ。

「うっ」

素早い突きが鳩尾《みぞおち》に決まり、忍びは両膝を落とした。

「お見事」

串部が喝采《かっさい》し、忍びの腕を取って後ろに捻りあげる。

一連の様子を、鑑備は廊下の柱に隠れて眺めていた。

瞬きするのも忘れ、暗闇の死闘に目を貼りつけている。

「こやつ、お萩の方に飼われた忍びにござります」

小姓の深津が言った。

忍びは覚醒《かくせい》し、深津を睨みつける。

「お萩の方さまはお怒りじゃ。素直に毒を喫《くら》えばよいものを、へたれの殿さまが事をややこしくしたとな」

「おぬしらをけしかけたのは、お萩の方だと申すのだな」

「われらは雲、闇の指図で動く」

「闇とは何じゃ」

「ふん、おぬしのごとき小僧は知るまい」

お萩の方の背後には、実父の宇郷対馬守が控えている。

――闇丸《やみまる》か。

宇郷に仕える忍びの名を、蔵人介は脳裏に浮かべた。

「あと二、三日もすれば、介錯人が国許からやってくる。そのまえに始末をつけよと、御家老も喚《わめ》いておられたわ。われらが仕損じても、二の矢、三の矢が放たれよう。雲は何処からでも湧いてくる。闇を消さぬかぎり、おぬしらに生きのびる道はない」

「闇とは誰のことじゃ」

「ふふ、自分でみつけるがよい。もっとも、みつけたところで詮無いはなしであろうがな」

忍びは唐突に黙り、むぎゅっと舌を嚙み切った。

夥《おびただ》しい血とともに、舌の断片が吐きすてられる。

「ぬごっ」

忍びは喉を詰まらせ、こときれた。

「哀れなものよ」

志乃が漏らす。

「それにしても、闇とは誰のことであろうな」

水を向けられても、蔵人介は首をかしげて応じない。

これ以上、家の者を巻きこむわけにはいかぬ。

気になるのは、忍びの漏らしたことばだ。
二、三日ちゅうにやってくる介錯人とは、誰のことなのか。
「おぬし、存じておるのか」

蔵人介が問いかけると、深津は胸を張った。

「柳川藩にこのひとありと言われた剣の達人にござります。そのお方が旧知であられた薦野さまに請われ、国許から江戸へ出てこられるのです」

「まさか、そのお方とは」

蔵人介には察しがついた。

深津が嬉しそうにこたえる。

「いかにも、大石進種次《おおいしすすむたねつぐ》さまにござります」

誰よりも早く、卯三郎が驚きの声をあげた。

剣術を学ぶ者ならば、一度は手合わせを願う剣客である。

まさか、大石進が薦野作兵衛の介錯をしに来ようとは、蔵人介もそこまでは予測できなかった。

十

大石進種次がやってくるという噂は、人々の歓呼《かんこ》をともなって瞬く間に広まった。

大石を初めてみた九年前の記憶は、蔵人介の脳裏にも鮮やかに残っている。江戸じゅうの名だたる剣術道場を荒らしまわり、大石進は向かうところ敵無しとの評判を得ていた。

蔵人介が目にしたのは、本所亀沢町の男谷《おだに》道場においてであった。そのころ、直《じき》心影《しんかげ》流の男谷精一郎《せいいちろう》こそが、日の本一の剣客と目されていた。大石は男谷との申し合いを熱望し、快《こころよ》く受けいれられたのだ。

――この一戦をみずして死ねるか。

当時の読売《よみうり》には、野次馬たちの気持ちを煽りたてる文言が躍っていた。侍も町人も好奇心を掻きたてられ、城内では連日のように勝ち負けの話題が諸役人の口の端《は》にのぼった。

誰もが注目する一戦を、蔵人介は目《ま》の当たりにする機会に恵まれた。理由のひとつは男谷と浅からぬ親交があったからだが、上役から幕臣を代表して見聞せよとの命も与えられていた。

初めて目にする大石は、巨木のごとき大男だった。

――丈七尺、大耳隆準、音吐如洪鐘。

と、読売には書かれている。

大きな耳に鼻が高く、破鐘《われがね》のような胴間声《どうまごえ》。歩くすがたは悠揚《ゆうよう》自《じ》若《じゃく》としており、物事に動じぬ胆の太さは折紙付きだ。齢も三十の半ば過ぎ、剣客としては充分に経験を積み、脂の乗りきった時期であった。

得手とする技は、六尺の長竹刀で繰りだす強烈な左手突き。竹刀が相手の鉄面を突き破って眉間を強打し、左右の眼球が飛びだしたという逸話《いつわ》まであった。国許の門弟たちには「面を打つときは肛門まで切り割るつもりで打ちこみ、突くときは鍔《つば》元《もと》まで刺し通す気迫で突くべし」と、平常から教えているらしい。

そのときの大石は「野分《のわき》」に喩《たと》えられた。

玄武館《げんぶかん》での申し合いで敗れた北辰一刀《ほくしんいっとう》流の千葉周作《ちばしゅうさく》が「江戸を席捲《せっけん》すること、稲穂を薙ぎ倒す野分のごとし」と、口惜しげに吐いたからだという。

大石は男谷と対峙し、長竹刀の先端を相手の喉に突きつけた。

左肘を曲げたこの「附」なる構えは、あきらかに、祖父から教わった大島《おおしま》流槍《そう》術《じゅつ》の影響を受けている。

大石は相手を圧する「附」から左片手打ちを繰りだしたものの、初日の勝負は男谷に軍配があがった。男谷は横三寸の動きで一刀を躱《かわ》し、間隙を衝いて大石の胴や小手を見事に打ちぬいてみせたのだ。

さすが男谷だと、誰もが賞賛を惜しまなかった。ところが、大石は怯まない。翌日の申し合いでは、完勝を飾ってみせた。突きの狙いをわずかに下げ、男谷に避ける術を失わせたのだ。

右の一戦で、大石進の評判は一段とあがった。感服《かんぷく》した男谷は、こののち、高名な剣客の入門をみずから斡旋《あっせん》した。大石は帰国して三十石から倍増の六十石への加増を許され、大石神影流《しんかげ》なる一流派を創始し、開設した道場には藩内ばかりか他国からの出願者も列をなしたという。

もちろん、江戸じゅうの道場を野分のごとく席捲した大石進は柳川藩の誉れであり、藩士たちからみれば雲の上の人にまちがいなかった。

その大石がまた、江戸へやって来る。

人々はそれを聞いただけで興奮し、市中や城内の昂揚《こうよう》した空気は公方家慶の知るところとなった。

さっそく、城内で剣技を披露せよとの御命が下り、皮肉にも御側御用取次の宇郷対馬守が「上様御本復《ほんぷく》の快気祝いを兼ね、武芸上覧ならびに御前試合を開催する」との触れを出したのである。

大石は慎んで御命を受け、勝負してみたい剣客の名を公儀に伝えた。巷間《こうかん》ではさまざまな相手が取り沙汰され、男谷との再戦を期待する向きもあったが、大石が指名した相手は鬼役の矢背蔵人介にほかならなかった。

官位《かんい》申《もうし》渡《わたし》や歳暮の将軍拝賀《はいが》といった行事が終わった師走十九日、ふたりは千代田城本丸表向の白書院広縁《しろしょいんひろえん》にて初めて相対することとなった。

事前に誰かを介し、打ち合わせなどはしていない。

ただ、ふたりには蔦野作兵衛にたいする共通のおもいがあった。

若い殿を命懸けで守ろうとした忠臣に、無駄死にだけはさせられない。

そのためには、どうしたらよいか。

雑念を捨て、見応えのある試合を披露するしかない。

まさに、阿吽《あうん》の呼吸で、同じことを理解しあっていたというべきだろう。

白書院は大広間から松之廊下を渡ったさきにあり、勅使《ちょくし》などをも迎える格式の高い部屋である。附書院《つけしょいん》などの座敷飾りを備えた上段之間、床が五寸八分ほど低い下段之間、障壁画に古代唐土《もろこし》の王が描かれた帝鑑《ていかん》之間、猿頬《さるぼお》天井でくつろいだ雰囲気の連歌《れんが》之間からなり、振りあおげば豪《ごう》華な格天井や透《す》かし彫りの欄間《らんま》などが目に飛びこんでくる。

昨日の段階で「布衣《ほい》以上のお方々は見物勝手たるべし」との触れが出されていたこともあり、白書院には身分の高い諸侯諸役人たちが集まってきた。

広縁にむかって左側、帝鑑之間の入側《いりかわ》前列には、水野忠邦をはじめとした老中たち、後列には若年寄《わかどしより》たちが座り、後方には大目付の戸賀崎備後守が控えている。帝鑑之間などにも奥詰《おくづ》め衆がぎっしり居並び、息苦しいほどであった。

「上様御成《おなり》にござりまする」

部屋の片隅から、小姓の声が響いてきた。

のっそりあらわれた家慶は、すこぶる機嫌が良い。

まるで、酒でもはいっているかのようだが、上座に用意された脇息《きようそく》のそばに酒膳はない。

若年寄から目付へ開始の合図がおくられ、まずは、さまざまな流派の演武がはじまった。演武者は各流派につき原則ひとりで、流派を超えた打ちあいはない。目付が姓名と流派を告げれば、左方から白鉢巻きに股立《ももだ》ちを取った侍が裸足であらわれ、終われば右方の引口へ退く。

剣術は柳生新陰《しんかげ》流、小野派一刀流、心形刀《しんぎようとう》流、無外《むがい》流、東軍《とうぐん》流など、槍術は南《なん》都宝蔵院《とほうぞういん》流、佐分利《さぶり》流、無辺無極《むへんむきよく》流など、二十番近くにおよぶ形《かた》や秘伝が矢継ぎ早に披露されていった。

昼食を挟んで、上覧は午後におよんだ。

烈しい打ちあいはなくとも、流麗で迫力のある形を見物するのはおもしろい。ただ、演武はあくまでも演武、最後に組まれた大石進と蔵人介の申し合いを盛りあげるための前座でしかなかった。

御前試合には、柳川藩を治める鑑備も列席を許されていた。

命の危機にさらされ、数日は蔵人介のほうで匿ったが、大石が江戸へやってくると藩邸内の情況は一変した。大石は百石取りの剣術指南役にすぎぬが、国家老から鑑備公をお守りするように命じられており、江戸家老の原尻であっても強く出ることはできなかった。大石は藩主を危うい目に遭わせた小姓頭を解任させ、小姓たちに鉄壁の防禦《ぼうぎょ》態勢を敷かせたのだ。

もちろん、鑑備も大石を師のように慕っており、登城するまえに「お覚悟をお決めいただかねばなりませぬ」と諫《いさ》められた効果か、いつもの弱々しさは消え、凜々しい面構えをしていた。

家慶は眸子を細め、鑑備をそばに招きいれた。

「大石のことを詳しく教えよ」

「はっ」

そうした親しげなやりとりが、ふたりのあいだで交わされたのである。

柳川藩は鑑備を藩主にいただいて盤石であることを、内外に知らしめたようなものだった。

それこそが、大石と蔵人介が狙っていたことでもある。

肝心の御前試合は、動と静の闘いとなった。

大石進の動、矢背蔵人介の静。

勝負は木刀の寸止めによる一本勝負と定められたが、半刻ほど経過しても両者の打ちあいはつづいていた。

まさに、汗みずくの激闘である。

双方ともに肩で息をするほど疲弊《ひへい》し、観ているほうも緊張の連続で疲れきっていた。

仕舞いには、どちらからともなく間合いから逃れ、おたがいに立礼をして終わったのである。

「引き分け」

行司役の目付は、声を裏返らせた。

実力の伯仲《はくちゅう》する者同士が闘えば、かならず、どちらも傷つく。

相手の力を尊《たっと》び、闘わずして刀を納める。それも立派な武士道であった。

無論、大石と蔵人介は木刀で何合となく打ちあい、観ている者の度肝《どぎも》を抜くような剣技も披露した。

家慶にすれば、それで充分だった。

剣技を極めた者同士の激闘を観ているうちに、勝ち負けにこだわる必要など感じなくなったのだ。

御前試合ののち、柳川藩の継嗣については白紙とされた。

それればかりか、藩に課されるはずであった普請御用についても、負担が大幅に減じられた。

じつを言えば、ふたつの要望は鑑備から家慶へ直に嘆願されたものだった。

御前試合の終了直後、水野忠邦が家慶の御前に呼びつけられ、その場で「柳川藩のこと、よきにはからうように」と、口頭で伝えられたのである。

宇郷対馬守は蒼白《そうはく》となったが、握った拳を怒りで震わせた様子に気づいた重臣はいなかった。

蔵人介は、一部始終を伝右衛門から聞いた。

尿筒《しとづつ》持ちとして影のように控える公人朝夕人は、公方の発することばをすべて聞きとることができる。

御前試合によって、期待よりも遥かに大きな成果が得られた。

だが、敵もこのまま黙ってはおるまい。

すぐにでも、反撃を仕掛けてくるはずだ。

そうさせるまえに動かねばならぬと、蔵人介は決意を固めた。

十一

四日後、師走二十三日朝五つ。

雪のちらつくなか、下谷御徒町の柳川藩邸から仰々《ぎょうぎょう》しい一団があらわれた。

供揃いは二十数名からなり、先触れには陣笠をかぶった江戸家老の原尻監物みずからが立ち、二挺の網代《あじろ》駕籠が少し離れて後続する。

駕籠に乗るのは、藩主の鑑備ではない。

前方の駕籠には継嗣と目される鑑胤が乗り、後方の駕籠には産みの母であるお萩の方が乗っていた。

後方の駕籠には薙刀を携えた女官たちが従き、何やら物々しい気配もある。

一行は武家屋敷町を突っ切り、まっすぐ南へ向かった。神田川に架かる和泉《いずみ》橋の手前で右手に曲がり、火避けのために幅を拡張した川沿いの往来を通って筋違橋《すじかい》をめざす。

寛永寺《かんえいじ》と筋違橋を結ぶ下谷御成道《おなりみち》を避けるのは、下谷周辺に上屋敷を持つ大名の習慣でもあり、これに倣《なら》ったかたちであったが、駕籠の主は大名でも何でもない。にもかかわらず、十万石超えの大名然とした行列を組み、千代田城に登城しようとしている。

目途は公方家慶への御目見得であった。

宇郷対馬守が巧みに仕組み、公方から「年内の目見得を許す」との言質《げんち》を取りつけたのである。

御側御用取次でなければ、こうした裏技は使えない。

老中首座の水野忠邦ですらも、与《あずか》りしらぬはなしであった。

御前試合の上覧以来、原尻やお萩の方の旗色は一気に悪くなった。鑑胤が継嗣として認められなければ、宇郷としても甘い汁を吸いつづけられなくなる。たとえば、石炭採掘の利権も私《わたくし》できなくなるとの切迫した事情から、強引な手段に打ってでたのだ。

往来を行き交う人々は大名の登城と勘違いし、凍てついた道端に平伏《ひれふ》さねばならなかった。
人ならばまだ、我慢して膝を屈することはできる。
ただし、犬は制御できない。
一行が筋違橋の手前へ近づいたとき、突如、数匹の野犬が行列の前面を横切った。
なかには立ち止まり、けたたましく吠える赤犬もいる。
気づいてみれば、道端から何者かがけしかけていた。
「ほうら、吠えろ。やつらに食ってかかれ」
太い鬢《びん》を反らした侍は、串部六郎太にほかならない。
串部は尻を出し、平手でぺんぺんと叩いた。
ついでに、ぶっと屁も放ってみせる。
「……く、くせものめ」
原尻が叫んだ。
串部は一目散《いちもくさん》に走りだす。
「それ、引っ捕らえろ」
供人《ともびと》たちは柄袋《つかぶくろ》を解き、一斉に追いかけた。
二挺の駕籠は止まり、陸尺《ろくしゃく》たちが不安げにしている。

先頭の駕籠を守る供人は、四人しか残っていなかった。

道端に座っていた人影が、のっそり立ちあがる。

深編笠《ふかあみがさ》をかぶった浪人風体の侍だ。

尖った顎のかたちは、あきらかに蔵人介のものだが、もちろん、それと気づく者はいない。

悠然と駕籠に近づき、驚いた供人たちのまえで立ち止まる。

「……く、くせもの」

叫んだひとりは、つぎの瞬間、首筋を峰で打たれた。

蔵人介の愛刀は、黒鞘のなかに納まっている。

抜いたのかどうかもわからない。

「斬れ、何をしておる、斬り捨てい」

少し離れたところで、原尻が声をひっくり返した。

よほど美味い物でも食べているのか、みっともないほど肥えている。

蔵人介は抜き際の一撃で、瞬く間に残りの三人を始末した。

流れるような身のこなしから、峰打ちを繰りだしたのだ。

後ろの駕籠から、眦を吊った女性《にょしょう》が転げでてくる。

お萩の方だ。

まるで、その顔は般若《はんにゃ》である。

「薙刀《なぎなた》を持て、薙刀じゃ」

男勝《まさ》りとの評判そのままに、女中のひとりから薙刀を奪いとるや、頭上で旋回させてみせた。しかも、蔵人介の気迫に呑まれた供人のひとりを蹴倒し、足の裏で背中を踏みつけながら叫びあげる。

「この身を誰と心得る」

お萩の方が闇雲《やみくも》に薙刀を振りまわしても、蔵人介はかまわずに、ずんずん間合いを縮めていった。

「寄るな。寄るでない。この身を誰と……」

蔵人介は足を止めず、腰の刀を抜きはなつ。

――ひゅん。

刹那、お萩の方の首が飛んだ。

三間余りも飛び、雪道に転がる。

「ひゃっ」

原尻は尻をみせて逃げかけ、躓いて這いつくばった。

――ぶん。
蔵人介は血振りを済ませ、素早く納刀する。
深編笠をかぶったまま、ゆっくり歩きはじめた。
駕籠から出ていた鑑胤は棒のように佇み、まんじりともできない。
よくみれば、股間を濡らしている。
蔵人介は黙然と、鼻先を通りすぎた。
「ふえっ」
原尻はどうにか起きあがり、走って逃げようとする。
その途端、ふたたび、顔から落ちた。
誰かに裾を踏まれたのだ。
「御家老、往生際《おうじょうぎわ》が悪うござるぞ」
発したのは、供人に化けた小姓の深津玄蕃である。
すでに、蔵人介は撃尺《げきしゃく》の間合いに近づいていた。
深津は一礼し、原尻から離れる。
「……ま、待て」
誰に懇願したのかもわからない。

蔵人介は、すっと身を沈めた。

「成敗」

抜刀の瞬間をみた者はいない。

――ひゅん。

風鳴りとともに、原尻監物の首が飛んだ。

曇天を衝くほどの高さへ舞いあがり、どしゃっと地べたに落ちる。

ちょうど隣には、お萩の方の生首があった。

ふたつ並んだ悪党首をみつめ、齢十八の鑑胤は震えている。

おそらくは二度と、藩主の座をめざそうとはすまい。

悪事に加担した以上、罪の重さに気づかねばならぬ。

これよりさきは、運命を呪いながら生きるしかなかろう。

雪は静かに降り積もり、血腥《ちなまぐさ》い光景を隠していった。

城内では悪党どもの元締めが、首を長くして待っているにちがいない。

もはや、公方家慶への目見得はなくなった。

待っておれよと胸の裡《うち》につぶやき、蔵人介は筋違橋へ歩を進める。

惨状と化した往来には、野良犬の遠吠えだけが悲しげに尾を曳いていた。

十二

同日夕刻、城内笹之間。

蔵人介は夕餉の毒味御用を終えた。

怪しい気配を察して部屋の外へ出ると、廊下の端に何者かが蹲《うずくま》っている。

「矢背さま、お呼びにござります」

閻丸であった。

わざと気配を送ってきたのだ。

部屋から出ても、廊下には誰もいない。

閻丸に導かれたさきは、側衆詰所脇の「穿鑿部屋」だった。

獲物のほうから誘われた恰好だが、こうなることはわかっていた。

襖をまえにして、閻丸が片膝をつく。

「矢背さま、お腰のものをお預かりいたします」

「ふむ」

抗いもせずに脇差を鞘ごと手渡すと、襖が音も無く開いた。

一歩踏みこんだ途端、上座から鋭い眼光が投げかけられる。

宇郷対馬守の顔は黒ずみ、一気に老けこんでしまったかのようだ。

下座に腰を下ろすと、闇丸はいつもどおり襖のそばで気配を殺す。

いざとなれば、牙を剝くつもりであろう。

宇郷が掠《かす》れた声で質した。

「今朝、筋違橋の広小路にて、柳川藩の家老と一門の女性《にょしょう》が首を刎《は》ねられた。斬殺した刺客に心当たりはないか」

「ござりませぬ」

「ふん、闇丸によれば、おぬしの使う田宮流抜刀術には、飛ばし首なる秘技があるそうじゃな。雪をかぶった生首は、仲良くふたつ並んでおったとか」

宇郷は眉間に皺を寄せ、目玉をぎろりと剝いた。

「お萩の方は、わしの愛しい娘じゃ。殺ったのは、おぬしではないのか」

「お疑いのご趣旨《しゅし》がわかりませぬ。何故、一介の御膳奉行がさような殺生《せっしょう》をせねばならぬと仰るのか」

「惚《とぼ》けるでない」

宇郷は一喝し、闇丸のほうをちらりとみる。

「闇丸は雲を使っておった。柳川藩の藩主を匿ったおぬしの家へ、こやつが雲どもを放ったのじゃ」

「さようなはなし、いっこうに与《あずか》りしらぬことにござります」

「まだ、しらを切るか。おぬし、隠密働きをしておるのであろう。いったい、誰の命で動いておる」

「お聞きになりたいのは、そのことにござりましたか」

「ああ、そうじゃ。おぬしは橘右近に請われて介錯をした。随所で怪しい動きをみせておった橘の子飼いだったに相違ない。わしが知りたいのは、そのあとじゃ。橘右近亡きあと、誰が鬼役の飼い主になったのか」

蔵人介は薄く笑い、静かにこたえた。

「さようなこと、知ったところでどうなりましょう」

「何じゃと」

「宇郷さま、貴殿は一国を統べる藩主の首をすげ替え、柳川藩領内でみつかった石炭の鉱脈を私しようと画策なされた。いいえ、柳川藩のことばかりではない。津軽家の重臣や御用商人と結託し、俵物の抜け荷で莫大な利益をあげられましたな。御用船に仕立てた北前船を難破にみせかけた手口、上様の御側近くに侍《はべ》る貴殿でなければ、あれほどの悪事はおもいつかぬはず。さらに、検地竿を短くさせた一件もおもいつきではなく、熟慮のうえでなされたこととお見受けいたす」

近江国一帯に火が付けば、政事の舵取りは困難になる。水野忠邦を以前から毛嫌いする宇郷は、一揆《いっき》を煽ることで水野を政権の高みから引きずりおろそうとしたのだ。

「されど、お得意の囁きも、近頃は上様に通用しなくなってきた。貴殿はご自分の孫を柳川藩の殿さまにしようとなされたが、薦野作兵衛の籠城で企てを狂わされた。焦ったあげく、孫の目見得を強引に進めようとし、墓穴《ぼけつ》を掘ったのでござる」

立て板に水のごとく喋る蔵人介が、平常《ふだん》とは別人にみえた。

宇郷は唖然《あぜん》とし、ことばを失っている。

まさか、蔵人介がそこまで裏の事情を知っているとは想像もできなかったにちがいない。

「……お、おぬし、そのはなしを誰かに告げたか」

やっとのことで、ことばを絞りだす。

蔵人介は薄く笑い、首を横に振った。

「いいえ、誰にもはなしてはおりませぬ。それがしには、宇郷さまが恐れるような雇い主はおりませぬゆえ」

「されば、何故、おぬしは首を突っこむのじゃ」

「すべては、成りゆきにござります。天網恢々疎《てんもうかいかいそ》にして漏らさずの喩えどおり、天は悪が栄えるのを許しませぬ」

「笑止《しょうし》な。おのれを天の使いと申すか」

「さような大それたものではござらぬ。貴殿のせいで命を落とした忠義の士たちがおりました。蘇鉄之間に立てこもった薦野作兵衛さまもしかり、一命を賭して守ろうとしたものがある。それが何か、貴殿にはおわかりか」

わかるはずはない。宇郷はこたえられず、歯軋《はぎし》りだけが聞こえてくる。

「それは、侍の矜持《きょうじ》でござる」

蔵人介は凜然《りんぜん》と発し、ぐっと宇郷を睨みつける。

「ふん、何が矜持だ。死ねば元も子もあるまい」

「いいえ、矜持のために死ぬのが侍にござる。それがわからぬようなら、上様の御側に侍ることは許されませぬぞ」

「……ぶ、無礼者」

背後の影が動いた。それよりも早く、蔵人介は跳ねとぶ。

飛蝗《ばった》のごとく跳ぶすがたは、香取神道流《かとりしんとう》の抜き付けを連想させた。
だが、腰に脇差はない。
畳に舞いおりるや、蔵人介は左手を伸ばした。
「にょげっ」
人差し指と中指と拇指《おやゆび》の三本で、宇郷の喉仏《のどぼとけ》を摘む。
――ぐしゃっ。
胡桃の殻を割る要領で、喉仏を潰した。
と同時に、右手で宇郷の脇差を引き抜く。
「死ね」
闇丸が刀を掲げ、背後から飛びかかってきた。
蔵人介は振りむきもせず、逆手で脇差を突きあげる。
「ぬがっ」
鋭利な切っ先が、闇丸の股間を串刺しにした。
さっと身を躱すと、夥《おびただ》しい返り血が畳に飛び散る。
宇郷対馬守と闇丸が、折りかさなるように死んでいた。
蔵人介は自分の脇差を拾うと、表情も変えずに部屋を出る。

襟を直して気配を殺し、薄暗い廊下を横切って笹之間へ戻った。

十三

忠義を疎《おろそ》かにすれば、幕府の面目《めんもく》は潰れてしまう。

薦野作兵衛のみせた忠義は、幕閣のなかでも評価された。蘇鉄之間に三日間も立てこもったにもかかわらず、名誉の切腹を申し渡され、しかも、藩へのお咎めはいっさいなかったのである。

暮れも押しせまった二十八日、下谷御徒町の上屋敷において、薦野の切腹がおこなわれる段取りとなった。

当日は朝から曇天となり、大広間の前庭には風花が舞っていた。

当主の鑑備を筆頭に重臣や近習たちが広縁に勢揃いし、庭の四隅には身分の低い藩士たちも立ち見を許されている。

薦野の鮮烈な生き様《いざま》は、確実に若い藩士たちの気持ちを動かしていた。

なお、幕府からの立会は大目付の戸賀崎備後守をはじめとする目付数名と、蘇鉄之間で交渉役を担った関わりから、特別に蔵人介の列席もみとめられた。

さきほど、薦野とは接見も許された。

小春日和の濠端を散策でもしているような、晴れやかで充実した面持ちだった。

裃姿の蔵人介は今、広縁の端から庭を見下ろしている。

庭のまんなかには黒縁の屏風《びょうぶ》が立てられ、屏風の前に設《しつら》えられた畳三枚の上に、切腹人の座る真っ白い蒲団《ふとん》が敷いてあった。切腹人の身分に応じて畳の並べ方は四通りほどあるのだが、もちろん、極上の敷き方にまちがいない。

すでに、小脇差を載せる三方《さんぼう》も置いてある。切腹のような「逆礼」の際は、透かし穴の刳形《くりがた》が無いほうを広縁に向け、小脇差の刃は切腹人に向ける。

切腹人が臆《おく》したときは、短冊《たんざく》と筆を渡して「辞世《じせい》の句を」などと誘いかけ、首が前にかたむいた刹那に斬りさげるのだという。介錯人が薄皮一枚を残すように斬った直後、介添人が長く伸びた皮を短刀で掻っ切り、三方に載せた生首を検使にみせるのだ。

蔵人介は段取りを反芻《はんすう》し、瞑《つむ》っていた眸子《まなこ》を開いた。

白装束の薦野作兵衛が、威風堂々とあらわれたからだ。

誘導する介添人に命じられたのは、小姓の深津玄蕃であった。

ふたりにつづき、大柄な大石進がこちらも白装束で歩いてくる。

三人は屏風の手前まで進み、各々、所定の位置に向かった。
誰ひとり、心を乱さない。
あまりに静かで、唾を呑むことも躊躇《ためら》われた。
蔵人介には、大石の心持ちが手に取るようにわかる。
介錯人は情を押し殺し、仕舞いまで冷静沈着であらねばならない。
心の乱れは手許を狂わせる。手許が狂えば、薦野を苦しませてしまうだけだ。
大目付の戸賀崎が目付にうなずく。
「はじめよ」
と、目付が発した。
蒼醒《あおざ》めた鑑備が、狼狽《うろた》えた表情になる。
さようなお顔をなされてはなりませぬと、薦野が遠くから叱責したかにみえた。
三方に置かれた小脇差は、鈍い光を放っている。
薦野の顔は晴れやかで、冬の空とはそぐわない。
おそらく、この日を待ちかねていたのであろう。
薦野は深津に促され、薄蒲団のうえに正座する。
「お待ちくだされ」

唐突に叫んだのは、鑑備であった。

戸賀崎のほうに身を向け、必死に存念を絞りだす。

「それがしの小脇差を、与えてもよろしゅうござるか」

否とは言えない。それほどの迫力があった。

鑑備はお辞儀をし、広縁から足袋《たび》のままで庭へおりる。

胸を張って歩き、みずからの小脇差を深津に手渡した。

広縁に座る蔵人介からは、小刻みに震える鑑備の背中しかみえない。

深津は恭《うやうや》しく小脇差を押しいただき、三方の小脇差と取りかえた。

薦野は眸子を潤ませ、凜然と発してみせる。

「薦野作兵衛は、日《ひ》の本《もと》一の果報者《かほうもの》にござりまする」

「ふむ」

振りかえった鑑備は、滂沱《ぼうだ》と涙を流していた。

藩士たちのあいだからも、啜り泣きが聞こえてくる。

鑑備は蹌踉《よろめ》くように立ちもどり、元の位置に座った。

目付はそれを忍耐強く見届け、厳しい表情で命じる。

「介錯人、前へ」

大石はぴっと背筋を伸ばし、白足袋で畳にあがった。
蔦野は三方の手前に正座し、まっすぐ正面を見据える。
大石は音も無く刀を抜き、桶に張った水で刀身を浄める。
すでに、明鏡《めいきょう》止水《しすい》の境地であろう。
白刃を右手に提げ、薄蒲団を踏みつけた。
「いざ」
戸賀崎の鋭いひとことが、みなの眼差しを釘付けにさせる。
深津玄蕃が膝を折り、三方のうえに短冊と筆を差しだした。
蔦野は笑って首を振り、短冊と筆を拒む。
「蘇鉄之間、忘れがたきは塩結び」
朗々と発せられたのが、辞世の句なのか。
蔵人介は感極まり、込みあげるものを抑えこむ。
蔦野は懐紙を口に咥《くわ》え、三方からご下賜《かし》の小脇差を拾いあげた。
懐紙を刃に巻きつけ、襟をぐいっと開き、鋭い先端を左腹に押しあてる。
「やっ」
一抹《いちまつ》の躊躇《ちゅうちょ》もない。

先端を深々と刺し、右脇まで強引に引きまわす。

「……ま、まだじゃ」

斬り口から血が噴きだしても、薦野は手を止めない。

大石も白刃を右八相に掲げたまま、微動だにもしなかった。

切腹人が首を差しださぬかぎり、一刀を振りおろすことはできぬ。

「……ぬぐ、ぐぐ」

薦野は小脇差を引きぬき、今度は臍下《せいか》に突きたてた。

身をぶるぶる震わせながら、上に引きあげていく。

十文字に裂かれた腹から、鮮血が溢れだした。

「……うぬっ」

かくんと、薦野の首が前方に垂れる。

刹那、大石は刀を振りおろした。

――ばさっ。

首を落とす音が、枯葉の落ちる音と重なった。

切腹から四半刻ののち、蔵人介は藩邸を去り、三味線堀《しやみせんぼり》の畔《ほとり》を歩いている。

ちらちらと、風花は舞いつづけていた。
行く手に佇むのは、柊であろうか。
白い花を咲かせている。
近づいて、葉に手を伸ばした。
葉の縁はぎざぎざで、触れると痛い。
不思議なことに、柊の古木は棘《とげ》の記憶を失うという。
棘の無い葉になるまで、いったい、あと何年掛かるのだろう。
「できることなら……」
永遠《とわ》に棘を失わずにいてほしいと、蔵人介は願わずにいられなかった。

光文社文庫

文庫書下ろし／長編時代小説

黒《くろ》　幕《まく》　鬼《おに》役《やく》 二十六

著　者　坂《さか》岡《おか》　真《しん》

2019年12月20日　初版1刷発行

発行者　鈴木広和
印　刷　萩原印刷
製　本　ナショナル製本

発行所　株式会社 光文社
〒112-8011　東京都文京区音羽1-16-6
電話　(03)5395-8149　編集部
　　　　　　　8116　書籍販売部
　　　　　　　8125　業務部

ISBN978-4-334-77945-0　Printed in Japan

組版　萩原印刷

鬼役メモ

画・坂岡 真

※ページ内側にあるキリトリ線で切って、備忘録にお使い下さい。

キリトリ線

キリトリ線

鬼役メモ

画・坂岡 真

※ページ内側にあるキリトリ線で切って、備忘録にお使い下さい。

鬼役メモ

画・坂岡 真

※ページ内側にあるキリトリ線で切って、備忘録にお使い下さい。

キリトリ線

キリトリ線

鬼役メモ

※ページ内側にあるキリトリ線で切って、備忘録にお使い下さい。